군주론

군주론(포켓북시리즈)

초판 1쇄 발행 2021년 10월 5일
초판 2쇄 발행 2024년 1월 5일

지은이 니콜로 마키아벨리
옮긴이 하소연
펴낸이 남기성

펴낸곳 주식회사 자화상
인쇄,제작 데이타링크
출판사등록 신고번호 제 2016-000312호
주소 서울특별시 마포구 월드컵북로 400, 2층 201호
대표전화 (070) 7555-9653
이메일 sung0278@naver.com

ISBN 979-11-91200-39-3 00340

군주론

니콜로 마키아벨리 지음

자화상

차례

차례

모든 동물은 평등하다.
그러나 동물 중에서도
어떤 동물은 더욱 평등하다.

I

메이너 농장 주인 존스는 항상 닭장 문을 잠그고 돌아섰다. 그런데 오늘따라 술에 만취한 존스는 닭들이 왕래하는 닭장 내의 작은 문 닫는 것을 깜빡 잊어버리고 말았다. 존스는 휘청거리며 뜰을 가로질러 집으로 걸어갔다. 그가 손에 든 등불의 불빛 역시 그의 걸음걸이에 맞추어 이리저리 흔들렸다.

뒷문으로 들어간 존스는 작업화를 벗어 던지고 부엌에 식탁 위에 놓인 맥주병의 남은 맥주를 단숨에 마신 후 2층 침실로 천천히 올라갔다. 벌써 깊은 잠에 빠져 코를 고는 아내 옆으로 살며시 기어들어갔다. 그가 잠을 청하기 위해 침실의 불을 껐을 때 갑자기 농장 여러 곳에서 푸드덕거리는 요란한 소리가 들려왔다.

품평회에 입상했던 경력을 가진 미들 화이트종 수퇘지 메이저 영감의 지난밤 꿈 이야기를 들으러 동물들이 모여들었기 때문이다. 메이저 영감이 지난밤에 꾼 이상한 꿈 이야기를 들려준다는 소문이 낮부터 농장 전체에 퍼졌다. 동물들은 농장 주인 존스가 잠들면 모여서 메이저 영감의 꿈 이야기를 듣기로 약속했다.

메이저 영감은 품평회에 나갈 때 '윌링던 뷰티'라는 이름을 쓰지만, 평소에는 '메이저 영감'이라 불렸다. 그는 농장 동물 중에 더러 존경을 받았기에, 동물들은 그의 이야기를 듣기 위해서라면 한 시간 정도는 잠을 못 자도 괜찮다고들 생각했다.

넓은 헛간의 대들보에는 등불을 매달아 놓고, 그 아래에는 짚 더미를 쌓아 제법 높은 연단을 만들어 놓았다. 메이저 영감은 편한 자세로 짚 더미

연단 위에 자리를 잡고 앉아 있었는데, 그쪽으로 등불이 환하게 비춰주어 메이저 영감만 돋보였다. 올해로 12세가 된 메이저 영감은 요즘 살이 조금 붙어 더욱 풍채가 당당해졌고, 송곳니를 한 번도 자른 적이 없어서 현명하고 인자해 보였다.

헛간에 모인 동물들은 편한 곳에 자리를 잡고 앉았다. 제일 먼저 자리를 잡고 앉은 동물은 블루벨, 제시, 핀처라는 개 세 마리였다. 그다음으로는 연단 앞쪽에 쌓인 짚 더미에 돼지들이 자리를 잡고 앉았다. 창틀에는 암탉들이 홰에 올라가 앉았고, 서까래에는 비둘기들이 나란히 앉았다. 돼지들 뒤에는 양과 암소가 엎드려서 되새김질하고 있다.

마차를 끄는 말 복서와 클로버는 혹시라도 짚 속에 숨어 있는 작은 동물들이 발에 밟혀 다칠까 싶어 커다란 발굽을 조심하며 걸어와 섰다. 복서는 몸집이 1미터 80센티미터나 되어서 다른 두 마리 말보다 훨씬 힘이 셌다. 흰 줄무늬가 코 밑에 새겨져 조금 바보 같아 보이는데, 실제로도 머리가 그다지 좋은 편은 아니다. 복서는 똑똑하지는 않아도 대단히 성실하고 어마어마한 힘을 발휘할 수 있기에 농장 동물들에게 존경을 받았다. 날씬한 몸매였던 클로버는 넷째 망아지를 출산한 이후 뚱뚱한 암말이 되었다.

헛간에 들어오는 말의 뒤로 흰 염소 뮤리엘과 당나귀 벤저민이 따라 들어왔다. 벤저민은 농장에서 제일 나이가 많고 성미가 고약한 것으로 유명하다. 좀처럼 말이 없다가 한번 입을 열면 빈정거리기에 바쁘다. 예를 들자면 하느님은 해충을 쫓으라고 벤저민에게 꼬리를 준 것인데, 그는 "처음부터 파리도 없고 꼬리도 없게 했더라면 참으로 좋았을 텐데!" 하며 빈정거리는 것이다. 또 벤저민은 농장 동물들 사이에서 지금까지 한 번도 웃어본 적이 없는 것으로 유명하다. 벤저민에게 왜 웃지 않느냐고 물어보면 "웃음을 표현해야 할 명분이 없어서!"라고 냉정한 대답이 돌아온다. 하지만 복서에게만은 냉정함을 드러내지 않고 매우 다정하다. 벤저민과 복서는 일요일이면 늘 과수원 건너 다른 방목장으로 가서 말없이 함께 풀을 뜯어 먹으며 시간을 보낸다.

복서와 클로버가 자리를 잡고 있을 때 어미를 잃어버린 새끼오리들이 꽥꽥 가냘프게 울어대며 줄지어 들어오더니 밟히지 않으려고 안전한 곳을 찾아 아장아장 돌아다녔다. 그 모습을 본 클로버가 커다란 앞다리로 둥그렇게 울타리를 쳐주자 새끼오리들은 그 안쪽으로 옹기종기 모여 앉아 곧바로 잠이 들었다.

끄트머리에 들어온 것은 존스의 마차를 끄는 암말 몰리였다. 몰리는 예쁘게 생겼지만 머리는 텅 빈 흰색 암말이었다. 각설탕을 입에 물고 우물거리며 자신을 뽐내며 사뿐거리며 들어온 몰리는 앞쪽으로 자리를 잡고 앉아 갈기를 흔들어대며 흰 갈기에 매달린 붉은 리본을 뽐냈다.

맨 마지막으로 들어온 것은 암컷 고양이였다. 그녀는 늘 그랬듯이 항상 가장 따뜻한 곳이 어딜

까 사방을 두리번거리더니 염치 불고하고 복서와 클로버 사이에 자리 잡았다. 메이저 영감의 연설 같은 것은 조금도 신경 쓰지 않았고 다만 기분 좋은 듯 작은 숨소리로 가르랑거릴 뿐이었다.

뒷문에서 잠자고 있던 길든 까마귀 모지스만 빼고 농장의 모든 동물이 참석했다. 동물들은 편안하게 앉아 도대체 무슨 이야기일까 하고 호기심 가득한 눈으로 침을 꼴깍꼴깍 삼키며 기다렸다. 메이저 영감은 동물들을 죽 둘러보더니 목청을 여러 번 가다듬고는 입을 열어 연설을 시작하였다.

"동무들 내가 어젯밤에 이상한 꿈을 꾸었다는 이야기를 벌써 다 들었을 거요. 하지만 꿈 이야기는 다음에 하고 다른 이야기를 먼저 해야겠소. 동무들과 함께 지낼 날도 이제는 얼마 남지 않을 것 같소이다. 내가 지금까지 살아오면서 터득한 모든 지혜를 죽기 전에 동무들에게 전하는 것이 나의 의무라는 생각이 들어 여러분에게 지혜를 나누어주고 싶소. 나는 살 만큼 살았소. 돼지우리에서 홀로 누워 여러 가지 생각을 해보았소. 나는 지금 농장에 있는 동물 중에서 누구 못지않게 우리 동물들의 삶이 어떠한지에 대해 면밀히 알고 있다고 생각하오. 내가 오늘 동무들에게 전하려 하는 것도 그러한 것이오.

동무들, 현재 우리 생활이 어떠한지 살펴보고 판단해봅시다. 우리는 비참한 고통 속에 너무나 짧은 삶을 사는 데 길들어 있소. 세상에 태어나 목숨을 연명할 만큼의 먹이만을 겨우 얻어먹고 있소. 일할 수 있는 동물들은 끝까지 혹사당하다가 쓸모없다고 여겨지면 가차 없이 죽임을 당하지요. 영국의 모든 동물은 태어난 지 1년이 넘으면 행복감을 누리지 못합니다. 여가를 누린다는 것이 어떠한 것인지도 전혀 모른 채 살아가지요. 영국에 사는 모든 동물은 자유롭지 못합니다. 비참한 노예 생활을 계속 견뎌야 한다는 것이 명백한 사실이지요.

우리가 이렇게 살아가야 한다는 것이 오직 자연

의 순리입니까? 그게 아니라면 우리가 사는 이 땅이 아주 척박해서 이곳에 사는 동물들에게 풍부한 삶을 보장해줄 수가 없기 때문입니까?

절대로 그렇지 않다는 것을 동무들도 잘 알지요. 우리가 사는 영국 땅은 기름지고 따뜻한 기후를 자랑하는 곳이고, 지금보다 아주 많은 동물이 충분히 먹고살 수 있는 곳이지요. 우리 농장은 열두 마리 말들과 스무 마리의 암소와 수백 마리의 양이 먹고살 수 있는 곳입니다. 상상할 수 없는 만큼 품위를 누리고 안락한 생활을 누릴 수 있는 곳인데 왜 이런 비참한 생활을 계속 이어나가야만 할까요?

이유는 간단합니다. 우리가 모여 힘들게 만든 모든 것을 인간들이 빼앗아가버렸기 때문이지요. 동무들, 모든 문제의 중심에는 '인간'이 있소. 인간은 우리의 진정한 적이자 유일한 적입니다. 우리의 모든 문제를 해결하기 위해 이 농장에서 인간들을 몰아내는 게 어떻겠소?

인간들이 이 농장에서 사라진다면 우리 동물은 굶주린 채 일하지도, 고된 노동에 시달리다 쓰러져 죽는 일도 없을 것이오. 인간들이 사라진다면 우리의 괴로움도 영원히 사라지는 것이오. 인간은 생산도 하지 않고 소비만 즐기는 유일한 동물이오. 생각해보시오. 인간들은 젖을 만들거나 알도 낳지 못하고, 쟁기를 끌기에는 힘도 약하고, 빨리 달리지도 못합니다. 그런데도 인간들은 우리 위에 군림하고 있고 굶어 죽지 않을 만큼 아주 적은 먹이만 주면서 우리를 부리고 이득은 모두 인간들이 독차지합니다. 동물들의 힘으로 땅을 일구고 동물들의 똥과 오줌으로 기름진 땅을 만들어냈으나 나중에는 가냘픈 몸뚱이만 남게 되지요.

내 앞에 있는 암소들에게 지난 한 해 동안 몇 리터의 젖을 만들었냐고 물어보겠습니다. 암소 여러분이 젖을 만들어 여러분의 송아지를 건강하게 키우기 위해 먹여야 하는 젖을 인간들이 거의 모두 자기네 건강을 위해 먹어 치우지요?

암탉 여러분이 한 해 동안 낳은 수많은 알 중에 몇 마리나 부화했나요? 거의 모든 알이 시장에 팔려 존스와 인간들의 주머니를 채우는 데 쓰이고 있지요.

클로버는 망아지 네 마리를 낳았는데, 그 망아지들은 도대체 지금은 어디에 있나요? 당신과 함께 지내며 기쁨을 안겨주고 당신이 늙었을 때 당신을 부양해줄 망아지들 말이오. 한 살이 넘으면 네 마리 망아지 모두 팔려나가 다시는 만나지 못할 거요. 출산의 고통을 이겨내고 망아지 네 마리를 낳고 온몸으로 고생하며 부지런히 일했는데, 당신이 받은 것은 무엇이 있나요? 인간들은 말들에게 목숨을 겨우 지탱할 정도의 먹이를 주며 마구간에서 살아가게끔 할 뿐입니다. 심지어는 무엇을 주며 비참하게 사는 것마저 제 명만큼 누리지 못하지요.

그래도 우리 돼지들은 운이 좋은 편이라 별로 불평하고 싶지 않소. 여기에서 산 지 열두 해가 되었고 귀여운 자손들을 400마리 넘게 남겨두었으니 다른 동물들에 비해 행복한 것 같소. 그게 돼지가 누려야 할 자연스러운 일생이지요.

그러나 그 어떤 동물도 끝에 가서는 날카로운 칼날을 피할 수 없소이다. 내 앞에 있는 젊은 여러분도 머지않아 도살장으로 끌려가 심한 고통을 받으며 비명을 지를 날이 얼마 남지 않았고 우리는 앞으로 일 년도 채 살지 못하고 죽음의 공포를 겪어야 한단 말입니다. 암소, 돼지, 암탉, 양 모두 팔자가 다를 게 있겠습니까?

복서, 당신이 현재는 아주 튼튼한 근육질 몸이지만 시간이 흘러 몸이 약해지면 그땐 어떻게 되겠소? 사악한 인간 존스는 당신을 도축업자에게 당장 팔아버릴 것이오. 도축업자는 당신의 목을 즉시 잘라내서 끓는 물에 푹 삶아서 사냥개 먹이로 던져줄 게 분명하오. 개들도 뭐 별반 다를 것이 없습니다. 개들도 나이가 들어 쓸모없어지면 인간 존스는 목에 줄을 감아 돌에 묶어 가장 가까운 연못에 빠뜨려 죽이겠지요.

동무들, 우리에게 닥쳐올 불행은 하나같이 인간들의 횡포 때문이라는 것이 명백하오. 인간들을 추방한다면 우리는 힘들게 일한 대가를 전부 다 찾을 수 있소. 우리 손에 들어오는 모든 것을 다 가질 수 있어 하룻밤 사이에 부자가 될 수 있소. 무엇보다 자유로워질 거요! 자, 그렇다면 우리는 지금 어떤 것을 해야겠소? 밤낮 가리지 않고 온몸과 마음을 다 바쳐 오직 힘을 모아 인간들의 세력을 무너트리기 위해 다 함께 뭉쳐야 합니다!

동무들, 내가 여러분에게 하고 싶은 말은 오로지 반란이오. 그날이 언제 올지 나도 모르겠소. 일주일 후일 수도 있고 백년 후일 수도 있겠지요. 하지만 내 발밑에 있는 짚을 두 눈으로 똑똑히 바라보고 있듯이 머지않은 날에 반드시 정의는 실현될 것이라고 확신합니다.

우리는 짧은 생을 살지만 단 한 순간이라도 신념을 절대 잊어서는 안 됩니다! 우리 자손들이 승리를 확신하는 그날까지 모두 나의 메시지를 끊임없이 전달해 투쟁을 계속할 수 있게 합시다.

동무들, 마음속에 품은 이 결심은 절대로 흔들려서도, 잊어서도 안 됩니다. 인간들이 동물들과 공동으로 이해하며 함께 살아갈 수 있다는 말이나, 인간이 번영해야 동물들도 번영한다는 감언이설에 속지 말아야 합니다. 눈멀고 귀가 먹는 일이 생기지 않도록 조심합시다. 전부 다 새빨간 거짓들이오.

인간들의 본심은 자신들 이외에는 어떤 동물에게든 이익이 되는 것을 챙겨주지 않을 겁니다. 우리가 이러한 투쟁을 하기 위해선 완벽하게 단결해야 합니다. 인간들은 우리 모두의 적이며, 모든 동물은 우리가 동지라는 것을 명심해야 합니다!"

그 연설을 듣고 일제히 함성이 일었다. 메이저 영감이 연설하는 동안 쥐구멍에서 네 마리의 쥐가 살며시 나와 앞발을 높이 들고 앉아서 그의 연설을 열심히 듣고 있었는데, 별안간 개들이 쥐들에게 달려들어 한바탕 소란이 벌어지기도 했다. 쥐들은 재빠르게 쥐구멍으로 쏙 들어가 간신히 위험에서 벗어났다. 소란스러운 분위기를 가라앉히기 위해 메이저 영감이 앞발을 들어 주의를 환기하자 회의장이 순식간에 잠잠해졌다.

"동무들, 지금 여기서 결정해야 하는 문제가 하나 있소. 토끼, 쥐 같은 야생동물들에 대한 문제요. 야생동물들은 우리의 친구일까요, 적일까요? 이 문제를 지금 표결합시다. 오늘 모임에서 나는 쥐들이 과연 우리의 동무들인지 아닌지를 안건으로 제안합니다."

곧바로 투표가 이루어졌다. 결과를 보니 쥐들은 우리의 동무들이란 표가 압도적이었고, 반대표는 개 세 마리와 고양이 한 마리를 포함하여 겨우 넷뿐이었다. 나중에 고양이는 찬성과 반대 양쪽 모두에 표를 던졌다는 사실이 밝혀졌다. 메이저 영감이 말을 이었다.

"나는 이제 하고 싶은 말은 다 했소. 인간들의

존재와 그들의 모든 행동에 대해 적개심을 품는 것이 여러분의 의무라는 사실을 항시 잊어서는 안 되오. 이를 한 번 더 강조하는 바입니다. 네발로 걷거나 날개를 가진 동물은 누구나 우리의 친구이고, 두 발로 걷는 것은 모두가 우리의 적입니다.

또 하나, 인간과 투쟁하는 동안 그들을 흉내 내선 안 된다는 것을 절대 잊지 마시오. 우리는 인간을 정복한 뒤에라도 그들이 살아온 악습에 물들여지지 않도록 명심해야 합니다. 동물들은 침대를 잠자리로 사용하거나 옷을 입는 것도 당연히 안 됩니다. 동물들은 술을 마시거나 담배를 피워서도 장사해서 돈을 만지는 것도 절대 하면 안 됩니다. 인간들의 관습과 전통은 모두 사악하기 때문이오.

우리 동물은 무엇보다도 동족을 폭력으로 억압해서는 안 됩니다. 힘이 강하거나 약해도 우리는 모두 형제입니다. 우리는 모두 평등하니까 동물들은 서로 죽이는 일이 생겨서는 절대 안 됩니다.

동무들, 이제 어젯밤에 꾼 꿈 이야기를 시작하

겠소. 그 꿈 이야기를 지금 생생하게 이야기할 수 없어서 참으로 안타까운 심정이오. 인간들이 추방되어 없어진 뒤 세상에 펼쳐질 내용의 꿈이었지요. 나는 그 꿈 덕에 오랫동안 잊었던 그 어떤 것을 다시 떠올릴 수 있게 되었소.

내가 어린 돼지였을 때, 옛날 노래 하나를 암퇘지들과 어머니가 즐겨 불렀지요. 그러나 아쉽게도 첫 세 마디 가사만 기억날 뿐 나머지 가사는 도무지 떠오르지 않았소. 어릴 때는 그 가락을 잘 부르곤 했지만, 언제부턴가 그 노래가 머릿속에서 깨끗이 사라져버렸지요.

그런데 참 신기한 일이 생겼어요. 그 가락이 생명의 날개를 달고 어젯밤 꿈속에 되살아났소. 그뿐만 아니고 노래 가사까지 고스란히 떠올랐소. 아주 오랜 옛날, 여러 동물과 입을 모아 부르던 노랫말, 세월이 지나가면서 잊어버리고 말았던 그 가락과 가사를 말이요.

동무들, 내가 이 자리에서 한번 불러보겠소. 나이

가 많아 목소리가 거칠겠지만, 여러분에게 이 노래를 가르쳐주고 싶소. 여러분은 나보다 더 잘 부르리라 믿습니다. 지금부터 부를 노래 제목은 〈영국의 동물들〉이요."

메이저 영감은 목청을 서서히 가다듬고 노래를 부르기 시작했다. 그가 말한 대로 그의 목소리는 쉬어서 거칠었지만 노래 솜씨는 녹슬지 않아 〈클레멘타인〉과 〈라쿠라차〉와 비슷한 가락이 동물들의 가슴에 서서히 파고들었다. 가사는 이러했다.

영국의 동물들이여, 아일랜드의 동물들이여,
그리고 전 세계의 동물들이여!
황금빛 미래를 알리는
이 기쁜 소식에 귀를 기울여라

곧 꿈꿔왔던 그날이 오리라
포악한 인간들이 쫓겨나고
영국의 기름진 들판에

오직 동물들만이 활보하리라

그날이 오면 코에서 코뚜레가 사라지고
등짝에서 멍에가 사라지고
재갈과 박차는 영원히 녹슬고
잔인한 채찍 소리도 없어지리라

그날이 오면 상상할 수도 없는 먹을 것들이
우리의 것이 되리라

밀과 보리, 귀리와 건초,
토끼풀과 콩 그리고 사탕무가
모두 우리 것이네

우리가 해방되는 바로 그날에
영국의 들판은 밝게 빛나고
강물은 더욱 맑아지고
더욱 달콤한 바람이 불어오리라

그날을 위해 우리 모두 일하세
비록 그날이 오기 전에 죽음이 온다 해도
우리 모두 자유를 위해 힘써 일하세

영국의 동물들이여, 아일랜드의 동물들이여,
전 세계 곳곳의 동물들이여,
귀를 기울이고 널리 전파하라
미래에 올 황금빛 소식을 노래하라

점차 노랫소리에 흥분한 동물들은 메이저 영감이 노래를 끝마치기 전부터 따라 불렀다. 노래가 끝나자마자 동물들은 환희를 느끼며 열광했다. 머리가 좋지 않은 동물들마저 노랫가락은 물론 가사까지 몇 소절은 쉽게 따라 불렀다. 개와 돼지는 영리해서 얼마 지나지 않아 음정과 가사를 전부 외웠다. 동물들은 농장이 떠나갈 듯 <영국의 동물들>이라는 노래를 합창했다. 개는 멍멍, 암소는 음매 음매, 양은 매에 매에, 말은 이 히힝 이 히힝, 오리는 꽥꽥……. 저마다의 개성 넘치는 소리로 힘차게 노래를 불러댔다.

노래가 마음에 쏙 들어 계속해서 반복해 불러댔다. 동물들이 떠들썩하게 합창해대는 바람에 잠자고 있던 존스가 깨버렸다. 목장 울타리에 여우가 나타난 것으로 짐작한 존스는 잠자리에서 벌떡 일어나 침실 구석에 있던 엽총을 들고 밖으로 뛰쳐나와 컴컴한 어둠 속을 향해 여러 발의 실탄을 발사했다.

헛간 벽 쪽에 총알들이 박히자 순식간에 회의는 해산되고 동물들은 제각각의 잠자리로 빠르게 도망갔다. 동물들은 지푸라기 속에 숨어들고 새들은 횃대로 날아가버렸다. 그러자 농장은 순식간에 고요한 적막 속에 잠겨버렸다.

2

메이저 영감은 소동이 있고 며칠 후 깊은 잠을 자다가 평온하게 숨을 거두었다. 그의 몸은 과수원 기슭에 묻혔다.

때는 3월 초순이었다. 동물들은 그 사건이 벌어진 뒤 석 달 동안 아주 비밀스러운 활동을 위해 각자 바쁜 하루하루를 보냈다. 제법 영리한 동물들은 메이저 영감이 죽기 전에 한 연설을 계기로 전에 하지 않던 여러 생각을 하게 되었다.

메이저 영감이 예언했던 반란이 언제 일어날지는 알 수 없었다. 동물들은 자신이 살아생전에 그것이 일어날지에 대한 어떤 근거도 없었지만, 반란을 대비해야 하는 것이 자신들의 의무라는 것을 분명히 깨닫고 있었다.

돼지는 동물농장에서 제일 똑똑하다고 인정받는 동물이다. 그래서 모든 동물을 조직하고 가르치는 역할은 자연스럽게 돼지들의 몫이 되었다. 그중에서 제일 영리한 돼지는 존스가 내다 팔 목적으로 기르던 두 마리의 젊은 수퇘지 스노볼과 나폴레옹이었다. 험상궂은 외모에 몸집이 큰 나폴레옹은 이 농장의 유일한 버크셔종 돼지로 추진력은 있으나 말솜씨는 별로 뛰어난 편은 아니었다. 하지만 의지가 강해 자신의 주장을 어떻게든 관철하는 편이었다. 그에 비해 스노볼은 말주변도 좋고 쾌활하며 창의적이지만 나폴레옹만큼의 굳건한 의지는 덜했다.

나폴레옹과 스노볼을 제외한 수퇘지들은 모두 식용 돼지들이었다. 통통하고 작은 스퀼러는 돼지 중에 제일 인기가 많았다. 그는 날카로운 목소리와 동그란 뺨, 반짝이는 눈을 지니고 있었으며 말재주가 뛰어나서 까다롭고 복잡한 문제를 논의할 때면 꼬리를 마구 흔들며 껑충껑충 뛰어다녔다. 그 모습은 묘하게 설득력이 있어서, 만약 스퀼러가 검은색을 흰색이라고 말해도 다른 동물들은 그 말을 믿을 정도였다.

스노볼, 나폴레옹, 스퀼러 돼지 삼총사는 메이저 영감의 사상을 발전시켜 정리하였고, 그 사상에 '동물주의'라는 이름을 지었다. 존스가 잠든 밤이면 돼지 삼총사는 일주일에 여러 차례 헛간에서 비밀회의를 열고, 동물주의 사상의 기본 원리를 다른 동물들에게 전하였다.

우둔한 동물들은 처음에는 무관심한 태도만 보일 뿐이었다. 어떤 동물은 농장 주인 존스에게 충성심을 바치는 것이 자신의 임무라고 주장하기도 했고, 몇몇 동물은 존스가 우리를 먹여 살리는 주인이라며 만약 그가 없으면 우리는 굶어 죽을 거라는 유치한 믿음을 고수하기도 했다.

"우리가 죽은 뒤에 일어날 반란까지 왜 염려해

야 합니까?", "어차피 반란이 일어나게 되어 있다면 우리가 공연히 애쓸 필요가 있나요?"라는 질문도 있었다. 돼지 삼총사는 그 생각 자체가 동물주의 사상에 어긋나는 정신이라는 점을 설득시키느라 애먹었다.

가장 한심한 질문을 던진 것은 흰 암말 몰리였다. 그녀가 스노볼에게 제일 먼저 한 질문은 이것이었다.

"반란이 일어난 뒤에도 각설탕을 먹을 수 있나요?"

"아닙니다."

스노볼은 몰리에게 단호하게 말했다.

"설탕을 만들 시설은 이 농장에 없어요. 게다가 몰리 당신은 원하는 만큼 곡식을 먹을 수 있으니 각설탕 같은 것은 필요 없을 거요."

그 대답을 듣고 몰리가 스노볼에게 다시 물었다.

"그럼 우리 암말들은 갈기에 리본을 달고 다닐

수 있는 것인가요?"

"동무가 그토록 집착하며 아끼는 리본이야말로 노예의 상징인 것을 모르시오? 리본보다 자유가 훨씬 가치 있다는 사실도 이해 못 하는 겁니까?"

몰리는 스노볼의 말에 동의했지만 그것을 충분히 이해하지는 못하는 눈치였다.

그 무렵 돼지들은 길든 까마귀 모지스가 헛소문을 퍼뜨리는 것을 막느라 곤욕을 치르고 있었다. 모지스는 스파이 짓과 고자질에 능한 동시에 영리해서 존스의 사랑을 독차지하고 있었다. 모지스는 동물들이 죽으면 '신비한 설탕 산'에 간다고 믿었다. 높은 하늘 구름 너머 어디엔가는 설탕 산이 있는데 일곱 날 모두가 일요일이고, 무성한 토끼풀이 사시사철 자라고 있으며, 울타리 아래에는 설탕과 영양분이 풍부한 식물들이 자라나고 있다는 것이다.

동물들은 온종일 일은 전혀 안 하고 수다만 떠는 모지스를 싫어했으나 설탕 산이 있다는 모지스의 말에는 몇몇이 동요하기도 했다. 그렇게 좋은 곳은 어디에도 없다고 다른 동물들을 설득하느라 돼지들은 상당한 곤욕을 치렀다.

그나마 짐수레를 끄는 말 복서와 클로버는 돼지들에게 충성을 다하는 제자들이었다. 그 제자들은 스스로가 무언가를 구상할 만큼 영리하지는 못했다. 그러나 일단 돼지들을 스승으로 모신 다음부터는 스승의 가르침이 무엇이든 따르고, 단순한 논리라도 요약해서 다른 동물들에게 전파했다. 그들은 헛간 비밀회의에 단 한 번도 결석하지 않았고 〈영국의 동물들〉이라는 노래를 회의가 끝날 때마다 선창하며 결속을 다졌다.

그러던 어느 날, 생각지도 못하게 메이저 영감의 예언, 즉 '반란'이 찾아왔다. 훨씬 간단하게 반란이 이루어진 것이다. 동물들에게 모질기는 했어도 존스는 한때 아주 유능한 농장주였다. 여러 좋지 않은 일이 벌어져 지금 상태가 되었다. 어떤 소송에 휘말려 돈을 잃은 뒤로 실의에 빠져 술만 퍼

마셔 건강이 나빠졌다. 무기력하게 앉아 신문만 뒤적이며 맥주에 빵조각을 적셔 까마귀 모지스에게 먹이는 것이 그의 일과가 되어버렸다.

주인의 태도가 변해버리자 농장 일꾼들은 게으름을 피우고 주인의 눈을 속이며 꾀를 부렸다. 밭에는 잡초들이 무성했고 지붕에는 구멍이 뚫렸으며 울타리는 손질하지 않아 엉망이 되었다. 자연스레 동물들에게도 제대로 먹이가 돌아가지 않았다.

건초를 베어 낼 시기인 6월이 다가왔다. 세례요한의 탄생을 기념하는 전날 토요일에 농장 주인 존스는 윌링던에 갔다가 술집에서 술을 잔뜩 마시고 고주망태가 되어 다음 날 정오까지 농장으로 돌아오지 못했다.

아침 일찍 암소 젖을 짠 일꾼들은 동물들에게 먹이 주는 일을 하지 않고 토끼 사냥을 가버렸다. 오후에 농장으로 돌아온 존스는 응접실로 곧장 들어가 소파에 드러눕더니 신문지로 얼굴을 덮고 나서 바로 곯아떨어졌다. 그 바람에 저녁이 될 때까지 동물들은 결국엔 아무것도 먹지 못하고 굶주렸다.

도저히 참을 수 없다는 지경에 이르렀다는 것을 깨달은 동물 중 암소 한 마리가 뿔로 식량창고를 박살내자 동물들은 우르르 창고로 몰려가 먹이를 찾아서 굶주린 배를 채웠다. 때마침 잠에서 깨어난 존스와 일꾼들이 곳간으로 달려와 동물들에게 닥치는 대로 채찍을 휘둘러댔다. 하루 꼬박 아무것도 먹지 못한 동물들은 더는 참지 않았다. 동물들은 미리 약속은 하지 않았지만 동시에 그들에게 사납게 덤벼들었다. 존스와 일꾼들은 사방에서 공격하는 뿔에 받히고 발길에 걷어차였다. 사태는 걷잡을 수 없이 커졌다. 농장 동물들이 이런 식으로 흥분하여 난동을 부리는 것은 처음 있는 일이었다. 언제고 매질과 학대를 가하며 일을 시켜도 별다른 불평 없이 일하던 동물들이 별안간 봉기하자 그들은 정신을 차릴 수 없었다.

당황한 존스와 일꾼들은 모두 다 버리고 도망쳤다. 그들은 대로에서 이어진 마차길을 따라 전

속력을 다해 뛰었고 의기양양한 동물들은 그 뒤를 쫓아갔다. 침실 창문에서 바깥을 내다보던 존스 부인은 금세 낌새를 느끼고 허겁지겁 여행용 가방에 귀중품 몇 가지만 챙기고는 그들과는 다른 방향으로 도망쳐버렸다. 횃대에서 날아오른 모지스는 큰소리로 깍깍 우짖으며 존스 부인의 뒤를 따라나섰다.

기세를 몰아 동물들은 존스와 일꾼들을 큰길까지 쫓아내고 다섯 개나 되는 빗장이 붙은 대문을 쾅 닫아버렸다. 이렇게 해서 다른 동물들조차 어떤 사건이 일어났는지 알아차릴 사이도 없이 성공적으로 반란이 이루어졌다. 존스와 일당들이 추방당했으므로 메이너 농장은 이제 동물들 차지가 되었다.

처음 얼마간 동물들은 찾아온 행운을 실감하지 못하고 농장 한구석에 혹시라도 숨어 있을지 모를 인간들이 있는지 확인하려고 떼를 지어 뛰면서 주위를 살폈다. 축사로 돌아온 동물들은 저주스러운 지배의 흔적들을 남김없이 제거했다. 처음으로 외양간 끝에 있는 마구간 창고를 부수고 들어가 재갈, 코뚜레, 개 사슬 등과 존스가 돼지나 양들을 거세할 때 사용하던 칼 따위를 모조리 우물 속에 처박아 넣어버렸다. 마당에서 쓰레기를 태우고 있는 화롯불 속에 고삐, 굴레, 눈가리개, 꼴망태 등 치욕스러운 것들을 던져 넣었다. 끝내 채찍마저 불더미에 던져 활활 타오르는 것을 본 동물들은 기쁨에 흠뻑 젖었다. 그 광경을 지켜보던 스노볼은 말했다.

"리본과 같은 것들은 인간의 특징인 옷이나 다름없으니 동물들은 그것을 따라서는 안 된다. 모든 동물은 벌거벗은 채로 다녀야 한다."

이 말을 들은 복서는 존스가 여름에 파리를 쫓으려고 쓰던 조그마한 밀짚모자와 나머지 물건들도 불 속에 던져 순식간에 재로 만들어버렸다. 그런 다음 나폴레옹은 식량창고로 동물들을 이끌고 가서 전에 먹던 식량보다 두 배 많은 옥수수를 나누어주고, 개들에게는 비스킷 두 개씩을 나누어주었다. 동물들은 주제곡 〈영국의 동물들〉을 다 함께 연달아 합창하고 나서 잠자리로 가 이전에는 한 번도 맛보지 못했던 깊은 잠에 빠졌다.

다음 날 새벽, 잠에서 깨어난 동물들은 평소와 다름없이 일찍 일어났다가 전날의 승리를 기억해 내며 모두 함께 목초지로 달려 나갔다. 목초지 아래에는 한눈에 농장 전체를 내려다볼 수 있는 작은 둔덕이 하나 있었다. 상쾌한 아침 햇살을 받으며 동물들은 그 둔덕 꼭대기에 모두 올라가 주변을 둘러보았다. 그들은 이 모두가 자신들의 것이라는 느낌을 받았다.

"그렇다 눈 앞에 펼쳐진 모든 것이 우리 동물들의 소유다!"

동물들은 모든 것이 자신들의 소유가 됐다는 생각에 흥겨워 폴짝거리며 공중으로 깡충깡충 뛰며 기쁨을 만끽했다. 달콤한 풀을 한입 가득 씹으며 이슬 위를 뒹굴면서 물씬한 흙냄새를 맡기도 했다. 감격에 겨워 말문이 막힌 채로 경작지, 목초지, 연못, 과수원 등 작은 숲속 구석구석 풍경들을 마치 처음 보듯 둘러보았다. 그 순간까지도 그 모든 것이 자신들 소유라는 사실을 실감하지 못하는 동물도 있었다.

동물들은 떼를 지어 농장 건물 안쪽으로 돌아오다가 존스의 집 문 앞에서 멈추었다. 그 집 역시 동물들의 집이 되었지만 어쩐지 들어가기 두려운 기분이 들었다. 스노볼과 나폴레옹이 어깨로 문을 밀어젖히고 집 안으로 들어갔다. 어떠한 물건도 건드리지 않으려고 조심하며 다른 동물들도 한 줄로 걸어 들어갔다. 그들은 말소리도 내지 않고 이 방 저 방들을 돌아다니며 내부를 살펴보았다. 놀란 눈빛으로 깃털 이불로 덮인 침대, 말총으로 만든 소파, 큰 거울들, 브뤼셀산 양탄자, 응접실 벽난로 위에 걸린 빅토리아 여왕의 석판화 등 사치스러운 물건이 믿을 수 없을 만큼 쌓여 있었다.

구경하고 계단을 내려오는 도중에 몰리가 보이

지 않았다. 다시 올라가보니 몰리는 가장 멋진 침실 안에 어정거리고 있었다. 몰리는 존스의 아내가 사용하던 화장대에서 푸른색 리본을 어깨에 올려놓고 거울에 비친 자신의 모습에 감탄하는 중이었다. 동물들은 몰리를 호되게 질책하고 밖으로 데리고 나왔다.

동물들은 부엌에 매달아 놓았던 햄 덩어리를 땅에 묻었고, 복서는 싱크대에 있던 맥주통들을 발굽으로 차서 박살 내버렸다. 동물들은 그 외의 물건들은 전혀 부수지 않고 '존스의 집을 박물관으로 남기자'라는 제안을 그 자리에서 만장일치로 통과시켰다. 동물들은 '존스의 집에서 살아서는 안 된다'라는 의견에도 합의했다.

아침 식사를 마친 뒤에 스노볼과 나폴레옹이 다시 동물들을 소집했다. 스노볼이 말했다.

"동무들! 현재 시각은 6시 반이오. 해가 지려면 아직 많은 시간이 남아 있소. 오늘부터 우리는 건초를 거두어들이기 전에 먼저 할 일이 있소."

이윽고 돼지들이 이르길 지난 몇 달 동안 존스네 아이들이 사용하다 쓰레기 더미에 버린 헌 철자법 책을 주워다가 글을 읽고 쓰는 법을 배웠다는 것이다. 나폴레옹은 일행과 함께 흰색과 검은색 페인트 통을 가지고 다섯 개의 빗장이 달린 큰길 쪽으로 내려갔다. 글씨를 가장 잘 쓰는 스노볼이 앞발 발굽 두 관절 사이에 붓을 끼우고 나서 문 앞으로 갔다. 대문 가장 위쪽 빗장에 메이너 농장이라고 쓰여 있던 글씨를 지워버린 다음 그 자리에 '동물농장'이라고 고쳐 쓰고 이것이 우리의 새로운 이름이라고 말했다.

스노볼과 나폴레옹은 축사로 돌아와 사다리를 가져와서 큰 헛간 한쪽 벽에 세워놓으라고 지시했다. 그들은 석 달 동안 열심히 공부한 결과 동물주의의 원칙을 일곱 계명으로 요약하는 데 드디어 성공했다고 말했다. 일곱 계명을 헛간 벽에 기록해둘 것이며, 이 계명은 동물농장의 모든 동물이 앞으로 영원히 지켜나가야 할 불변의 법률이라고 선언했다.

균형을 잡기 힘들어하는 돼지가 사다리를 타고 올라가기는 것은 쉬운 일이 아니었다. 스노볼이 벽에 글씨를 쓰는 동안 사다리 밑에서 스퀼러가 페인트 통을 들어주었다. 타르 칠을 한 시커먼 헛간 벽에 흰색 페인트로 일곱 계명을 써넣었다. 그 글씨는 큼지막해서 멀리 떨어진 곳에서도 볼 수 있었다. 그 내용은 다음과 같았다.

1. 두 발로 걷는 것은 모두 다 적이다.
2. 네발로 걷거나 날개가 있는 자는 모두 친구다.
3. 어떤 동물도 옷을 입어서는 절대 안 된다.
4. 어떤 동물도 침대에서 자서는 절대 안 된다.
5. 어떤 동물도 술을 마셔서는 절대 안 된다.
6. 어떤 동물도 다른 동물을 죽여서는 절대 안 된다.
7. 모든 동물은 평등하다.

굉장히 깔끔하게 잘 쓴 글씨였다. '친구'를 뜻하는 'friend'가 'freind'로 철자 순서가 다소 틀리고, 'S'자 하나가 좌우로 뒤집힌 것 말고는 철자도 제법 올발랐다. 스노볼은 다른 동물들을 위해 일곱 계명을 커다란 소리로 읽어주었고 동물들은 그 뜻에 동의하며 만족스럽게 고개를 끄덕였다. 스노볼이 페인트 붓을 내려놓으면서 "자, 동무들!" 하고 외치며 말했다.

"이제 목초지로 갑시다! 존스와 존스의 일꾼들보다 우리의 명예를 위해 건초들을 빠른 속도로 더 많이 거두어내야 합니다."

그때 언젠가부터 다소 불안해 보이던 암소 세 마리가 큰소리로 음매 하고 외쳤다. 하루 동안 젖을 짜내지 못해 터질 지경이라 외친 것이다. 잠시 생각하던 돼지들은 양동이를 가져와 제법 능숙한 솜씨로 젖을 짜냈다. 돼지의 앞발은 젖을 짜는 데 아주 안성맞춤이라서 다섯 개의 양동이에 거품이 일며 크림 같은 진한 우유가 순식간에 가득 채워졌다. 동물들은 관심을 가진 눈길로 우유통을 바라보았다. 누군가 그 우유를 어떻게 할 거냐고 물었다.

"존스는 가끔 우리 먹이에 우유를 타서 주기도 했는데……."

암탉 하나가 말했다. 양동이 앞으로 다가간 나폴레옹이 우유 따위는 걱정할 필요 없다고 동무들에게 강력하게 말했다.

"우리에게 더 중요한 일은 건초를 수확하는 일입니다. 우유 따위는 어떻게 하든 처리할 거요. 스노볼이 앞장서서 여러분을 인도할 겁니다. 나 나폴레옹도 금방 뒤따라가겠소! 자, 동지들, 건초가 우리를 기다리고 있소!"

나폴레옹이 호소하자 동물들은 줄을 지어 목초지로 전진하기 시작했다. 저녁이 되어 그들이 목초지에서 돌아와보니 우유는 감쪽같이 어디론가 사라지고 없었다.

3

동물들은 건초를 거두어들이느라 잔뜩 땀을 흘리며 수고했지만 어떤 보람을 얻지는 못했다. 동물들은 기대했던 것보다 훨씬 많은 양의 건초를 수확했다. 하지만 인간들을 위해 만들어진 연장으로는 건초를 거두는 데 많은 불편함이 있는 것 역시 사실이었다. 인간들처럼 두 발로 서지 못하면 어떠한 도구도 사용할 수 없다는 것은 동물들에게는 큰 약점이었다.

그러나 탁월하고 영리한 돼지들은 어려운 일이 생길 때마다 현명한 해결 방안을 찾아냈다. 말들은 목초가 있는 곳들을 구석까지 훤히 알고 있고,

풀을 베어 긁어모으는 솜씨가 존스의 일꾼들보다 훨씬 좋았다. 돼지들은 다른 동물들을 지휘 감독해가며 직접 일하지는 않았다. 머리가 좋은 돼지들이 지도하는 것이 당연했다.

재갈이나 고삐를 하지 않은 채 복서와 클로버는 풀 베는 기계와 써레를 몸에 묶고 씩씩한 발걸음으로 쉬지 않고 목초지를 순회했다. 돼지가 복서와 클로버 뒤를 따라다니며 가끔 상황에 따라 "동무 이쪽으로!" 또는 "저쪽으로!" 하며 방향을 조절해주었다. 힘이 가장 약한 동물들까지 동참해서 풀을 베고 모으는 일을 거들었고, 하다못해 오리들과 암탉까지도 부리로 풀 몇 개씩이라도 물어 날랐다.

온종일 땡볕 아래에서 수확한 결과 농장이 생긴 이래 가장 많은 수확량이었고, 그것도 존스의 일꾼들보다 이틀이나 앞당겨서 해야 할 일을 모두 끝마쳤다. 암탉들과 오리들 모두 예리한 눈으로 주변을 살피며 풀 하나라도 놓치지 않고 그러모아

버려지는 것 하나 없었고, 어느 동물도 단 한입의 풀조차 몰래 먹지 않았다.

여름 동안 농장 일은 쳇바퀴처럼 규칙적으로 돌아갔고 동물들은 예전에는 상상하지 못할 만큼 행복했다. 먹이를 한입 먹을 때마다 꿀을 바른 듯 달콤함이 느껴졌다. 인색한 주인이 마지 못해서 주는 먹이가 아니라 순수하게 자신들을 위해 직접 생산한 먹이이기 때문이다. 기생충같이 쓸모없는 인간들이 사라졌기에 동물들에게 돌아가는 먹이양도 더 많아졌다. 전보다 여유 시간이 늘어났으나 동물들은 여가를 어떻게 보내야 하는지 경험해 본 적이 전혀 없었다.

농장에 탈곡기가 하나도 없었기 때문에 가을에 수확한 곡식들을 옛날에 하던 방식 그대로 발로 밟아 낟알을 벗긴 다음 입으로 후후 불며 겨를 날려 보내는 수밖에 없었다.

복서는 뛰어난 체력과 현명한 머리로 곤경에 빠질 때마다 동물들을 거뜬히 구해주었다. 복서는 존스가 농장을 책임지던 시절에도 부지런히 일했지만, 지금은 누구나 칭찬받을 만큼 말 세 마리의 역할을 해내었다. 농장 일이 복서의 억센 두 어깨에 달려 있다는 생각이 종종 들 만큼 힘든 일이라도 끌고 밀며 아침부터 저녁까지 도맡아서 일했다. 복서는 수탉에게 매일 아침 다른 동물들보다 반 시간 앞당겨 일찍 깨워달라고 부탁하며, 다른 동물들이 일하기 전에 오늘 가장 필요한 작업을 나서서 해결할 거라고 했다. 복서는 어려운 문제가 생기거나 곤경에 빠질 때면 "내가 좀 더 열심히 일하면 돼!"라고 말했고 이를 본인의 좌우명으로 정하였다.

복서가 일을 마치면 그다음에 암탉들과 오리들이 흩어진 낟알들을 주워 모았는데, 자그마치 140킬로그램을 더 모았다. 그렇게 동물들은 각자 자신의 능력에 걸맞은 일을 했다. 동물들 누구도 배급량이 부족하다고 불평하지 않았으며 먹이를 훔쳐 먹지 않았다.

존스가 주인으로 있던 때는 서로 싸움질하거나 물어뜯는 일들을 흔히 볼 수 있었지만, 지금은 서로를 질투하는 모습조차 자취를 감춰버렸다. 꾀를 부리며 일하지 않는 모습도 전부 사라졌다. 물론 몇몇 예외도 있었다. 몰리는 아침에 일찍 일어나는 걸 잘 못했고, 걸핏하면 말굽에 돌이 박혔다고 핑계를 대며 일찌감치 일을 그만두고 자리를 피했다. 고양이도 이상한 행동을 하는 별난 구석이 여전히 있었다. 할 일이 있을 땐 항상 몇 시간 동안 사라졌다가 작업이 끝나 밥 먹을 때가 되면 슬며시 시치미를 떼고 나타났다. 그럴 때마다 다정하게 애처로운 표정을 지으며 핑계를 대는 바람에 모두 고양이의 말을 믿을 수밖에 없었다.

벤저민은 존스가 농장 주인이던 시절에 느릿하고 고집스러운 태도로 일했던 것처럼 반란 뒤에도 전혀 달라지지 않았다. 벤저민은 일을 피하지도 않았으나 자신이 할 일보다 더하지도 않았으며 반란 결과에 대해서도 어떤 의견도 표출하지 않았다. 존스가 사라졌으니 훨씬 더 행복하지 않으냐고 벤저민에게 물어보았더니 "당나귀는 원래 오래 살아. 그 누구도 죽은 당나귀를 보았다는 동물들은 없을걸."이라는 알쏭달쏭한 대답이 들려올 뿐이었다.

일요일에는 모두가 쉬었다. 일요일에는 평소보다 한 시간 늦게 아침을 먹고, 매주 빠짐없이 의식을 행했다. 의식 첫 순서로 깃발을 게양했다. 전에 존스 부인이 마구간에서 사용하던 초록색 식탁보 위에 스노볼이 흰색 발굽과 뿔을 그려 넣었다. 이 깃발을 매주 일요일 아침에 농장 마당에 있는 깃대에 게양했다. 깃발의 초록색은 영국의 푸른 풀밭을 의미하고 흰색 발굽과 뿔은 인간들이 몰아낸 뒤 탄생할 미래의 동물 공화국을 의미한다고 스노볼이 설명하였다.

깃발 게양이 끝난 뒤 '회의'라고 부르는 모임을 열기 위해 동물들은 헛간으로 행진했다. 헛간에서 다음 한 주 동안 토의할 계획을 세우고 결의안들을 제출하여 토론을 진행한다. 결의안을 제출하는 건 항상 돼지들이 먼저였다. 다른 동물들은 투표하는 방법은 알고 있었지만 스스로 어떤 결의안을 제출할지는 생각하지 못했다.

토론할 때는 스노볼과 나폴레옹이 항상 우두머리로 나섰으나 그 둘의 의견이 합의에 도달한 적은 단 한 번도 없었다. 스노볼과 나폴레옹이 안건을 내놓으면 꼭 서로 반대되는 의견이었기 때문이다. 심지어 늙어서 일을 못 하는 동물들이 여생을 편히 보낼 수 있게 과수원 너머에 있는 작은 방목장을 휴식처로 사용하자는 결의안이 채택되었을 때도 둘은 동물들의 은퇴 나이를 각각 몇 살로 정해야 적절할지를 두고 열띤 토론을 벌였다.

언제나 〈영국의 동물들〉이라는 제목의 노래를 부르며 회의를 마쳤고 오후 시간에는 휴식했다. 마구간을 돼지들의 본부로 사용하며 저녁이면 본부에 모여 안채에서 가져온 책들을 펴고 대장간 일과 목공 일 등 여러 가지 필요한 기술을 연구하며 습득했다.

스노볼은 이른바 동물위원회를 조직하기 위해 여러 동물과 모여서 협의하는 데 열정을 쏟았다. 그들은 읽기와 쓰기를 배우는 학습반은 물론이고, 암탉들을 위한 '달걀생산위원회', 암소들을 위한 '깨끗한 꼬리연맹' 등을 만들었다. 쥐나 토끼 등의 야생동물 교육을 위한 '재교육위원회', 양들을 위한 '하얀 털 생산운동위원회' 등 여러 개의 위원회를 조직했다.

그러나 재교육 사업계획은 시작도 전에 대부분 실패로 돌아갔다. 아무리 교육하려 해도 쥐, 토끼 등 야생동물의 행동은 그대로였기 때문이다. 야생동물들에게 관대하게 대해주면 그걸 이용하려 들어 교육하는 데 어려움이 따를 뿐이었다. 재교육위원회에 참여한 고양이들은 며칠 동안은 아주 열심이었다. 그러던 어느 날 지붕 위에서 잠시 쉬고 있던 고양이가 저만큼 떨어져 앉아 있는 참새들에게 "모든 동물이 친구가 되었으니 이제 원한다면 참새들도 내 발등에 앉을 수 있다."라고 말했다. 그러나 겁이 난 참새들은 좀처럼 가까이 다가가지 않았다.

반면 읽기와 쓰기 학습반은 동물들이 교육에 열심히 응해 결과가 대성공이었다. 가을이 오자 농장의 모든 동물이 다소나마 문자를 깨우쳐 글을 읽고 쓸 정도가 되었다. 돼지들은 이미 완벽한 수준들이었고, 개들은 일곱 계명은 잘 읽었지만 다른 글자 읽기는 별로 관심이 없어 보였다.

염소 뮤리엘은 개들보다 읽는 수준이 아주 뛰어나서 저녁에 다른 동물들에게 쓰레기 더미에서 주워온 신문지 조각을 읽어주곤 하였다. 벤저민은 다른 돼지들보다 뛰어나게 잘 읽었지만 그 능력을 한 번도 발휘해본 적이 없었다. 벤저민은 자기가 읽을 만한 것이 하나도 없다고 말했다. 클로버는 알파벳까지는 배웠으나 단어를 조합해내지 못했다.

복서는 알파벳 D까지 깨우치고는 더는 진도를

나가지 못했다. 복서는 커다란 발굽으로 땅바닥에 A, B, C, D를 써놓고는 귀를 뒤로 젖히고 가끔 머리를 흔들며 다음 글자를 생각해내려고 애썼지만 도무지 생각이 나질 않아 끝내 실패했다. 복서는 여러 번 E. F, G, H까지 외웠는데, 그러면 외워 놓았던 A, B, C, D가 생각나지 않았다. 복서는 결국 A, B, C, D를 외운 것에 만족하고 외웠던 네 글자를 잊어버리지 않게 날마다 여러 번 써보았다.

몰리는 본인 이름인 알파벳 여섯 글자 이외는 좀 더 배우기를 거부했다. 작은 나뭇가지로 예쁘게 자기 이름을 적어놓고 꽃송이까지 장식하고 나서 스스로 감탄하며 그 주위를 빙빙 돌아다녔다. 그 밖의 다른 동물은 모두 알파벳 첫 글자인 'A' 이후로 진도를 나가지 못했다. 게다가 양, 암탉, 오리 같은 좀 더 둔한 동물들은 '일곱 계명'조차 외우지 못하였다.

보다 못한 스노볼은 여러모로 궁리하여 "네발은 좋고, 두 발은 나쁘다!"라고 일곱 계명을 단 한 줄의 격언으로 요약했다. 스노볼은 한 줄의 격언에 동물주의의 원리가 모두 들어 있으니 누구든지 한 줄만 제대로 알면 인간의 영향을 받지 않을 것이라고 이야기하였다.

새들은 "네발은 좋고, 두 발은 나쁘다!"라는 말을 듣고 자신들도 다리가 둘 달렸다는데 무슨 소리냐며 반발했다. 하지만 스노볼은 새들의 날개는 날기 위한 추진력 기관 조직이니 다리로 보아야 한다고 주장하였다.

"인간들만 특징적으로 가진 것이 손인데, 손이야말로 온갖 못된 짓을 하는 도구입니다."

새들은 스노볼이 설명해주는 길고 어려운 단어들을 이해할 수 없었지만 받아들이기로 했다. 머리가 좋지 않은 여러 동물도 모두 열심히 새로운 격언을 외웠다. "네발은 좋고, 두 발은 나쁘다!"라는 격언이 헛간 벽에 적힌 '일곱 계명' 위에 좀 더 큰 글씨로 쓰였다. "네발은 좋고, 두 발은 나쁘다!"라는 격언을 외우고 보니 몹시 마음에

든 양들은 풀밭에 누워 있을 때도 이 격언을 매에 매에 하며 몇 시간이고 반복해서 지칠 줄 모르고 외쳐댔다.

나폴레옹은 스노볼이 조직한 위원회에는 무관심했다. 나폴레옹은 다 자란 동물들을 위한 교육보다 어린 세대를 교육하는 일이 훨씬 중요하다고 말하였다. 목초를 모두 거두는 일을 마친 후에, 제시와 블루벨은 토실토실한 새끼 아홉 마리를 낳았다. 나폴레옹은 강아지들이 젖을 떼자마자 본인이 교육을 책임진다면서 그들을 데려갔다. 사다리가 없으면 못 올라가는 마구간 위의 다락방에다 강아지들을 숨겨놓고 외부와 완전히 차단해버렸다. 그 때문에 다른 동물들은 금방 숨겨진 강아지들이 있다는 사실조차 까맣게 잊어버렸다.

또 다른 동물들 모르게 우유가 전부 없어진 이유가 밝혀졌다. 날마다 수수께끼같이 없어졌던 우유는 돼지들의 사료로 사용되고 있었다. 풋사과가 익어가는 시기가 되었다. 바람에 떨어진 사과들은 풀밭 여기저기에서 뒹굴고 있다. 동물들은 떨어진 사과들이 당연히 모두 공평하게 분배되리라고 생각했다. 그런데 어느 날, 떨어진 사과는 돼지들만 먹을 수 있으니, 모두 주워 마구간 창고에 갖다 주라는 명령이 떨어졌다. 몇몇 동물은 떨어진 사과를 돼지만 먹는다는 데에 불만을 수군거렸지만 소용이 없었다. 돼지들은 떨어진 사과를 자신들만 먹는 데 전원 합의한 상태였다.

스노볼과 나폴레옹마저도 의견이 일치했으며 다른 동물들에게 그 이유를 적절하게 설명하기 위해 언변이 뛰어난 스퀼러가 파견되었다.

"여러분은 설마 우리 돼지들이 이기심과 특권을 행사하려고 그러는 거로 생각하지는 않으시겠지요? 사실 우리 돼지들은 우유나 사과를 그다지 좋아하지 않습니다. 우리가 사과를 먹는 이유는 단 하나, 오직 건강을 유지하기 위해서입니다. 우유와 사과에는 우리 돼지들 건강에 필요한 필수적인 영양소가 함유되어 있어요. 동무들, 이것은 과학적으로도 밝혀져 있습니다. 더군다나 우리 돼지들은 머리를 쓰는 노동자입니다. 이 농장의 모든 운영과 조직에 관한 임무 수행 역시 돼지들에게 달려 있습니다. 우리는 밤낮없이 여러분의 복지 향상을 살피고 있습니다. 우유를 마시고 사과를 먹는 것은 바로 여러분을 위해서입니다. 만약 우리 돼지들이 의무를 수행하지 못한다면, 어떤 나쁜 일이 일어날지 생각이나 해보았습니까? 언젠가는 존스가 돌아올 겁니다! 존스가 돌아오는 것은 틀림없는 사실입니다."

스퀼러는 꼬리를 흔들며 여기저기 뛰어다니며 "분명 여러분 중에 존스가 다시 돌아오기를 기다리고 있는 자는 없겠지요?" 하고 호소했다.

모든 동물이 공통으로 확신하는 것이 있다면, 그 누구도 존스가 다시 돌아오는 것을 원치 않는다는 사실이었다. 스퀼러의 설명에 동물들은 아무 말도 할 수 없었고, 돼지들이 건강해야 한다는 말을 인정했다. 그래서 우유와 떨어진 사과 및 앞으로 수확하는 사과 역시 오직 돼지들만을 위하여 남겨두어야 한다는 데 군말없이 합의했다.

4

그해 여름이 저물어갈 무렵, 동물농장에서 일어난 사건 소식은 영국 땅 절반까지 퍼져나갔다. 스노볼과 나폴레옹은 여러 곳으로 비둘기들을 날려 보냈다. 비둘기들은 다른 농장으로 찾아가 동물들과 어울리며 그들에게 반란 소식을 알려주고 〈영국의 동물들〉이라는 노래를 가르쳤다.

한편 농장에서 쫓겨난 존스는 시간 대부분을 '레드 라이언' 술집에서 보냈다. 그는 자기 이야기를 잘 들어주는 주변 사람들에게, 보잘것없는 동물들로부터 농장을 부당하게 빼겼다며 불평과 하소연을 늘어놓았다. 다른 농장주들은 원칙적으로 존스를 동정했지만 별다른 도움은 주지 못했다. 다른 농장주들은 어떻게 하면 존스에게 닥친 불행을 자기들에게 유리하게 이용해서 득을 볼 수 있을까 궁리할 뿐이었다.

존스의 농장과 이웃한 두 농장의 주인들이 처음부터 앙숙이었던 것이 동물들에게는 그나마 다행이었다. 두 농장 중 폭스우드 농장은 존스의 농장보다 넓었지만 제대로 운영되지 않는 구식 농장이었다. 숲은 무성했으나 목초지는 황폐했고 울타리도 형편없이 망가진 상태였다. 폭스우드 농장의 주인 필킹턴은 철 따라 낚시하러 다니거나 사냥을 즐기는 한없이 게으른 농사꾼이었다.

또 다른 이웃 농장인 핀치필드 농장은 폭스우드 농장보다 크기는 작아도 운영을 웬만히 잘했다. 핀치필드 농장의 주인 프레더릭은 강인하고 약삭빠른 사람으로 소송에 휘말리면 일단 흥정을 붙여 자기에게 유리한 쪽으로 밀고 가는 데 정평이 나 있었다.

필킹턴과 프레더릭은 서로 너무 싫어했기 때문에, 자기들의 공동 이익이 되는 일에도 합의를 보지 못해 의견이 일치된 적이 없었다. 필킹턴과 프레더릭은 동물농장의 반란 소식을 듣자마자 겁을 먹었다. 두 사람은 자기네 농장의 동물들에게까지 그 소식이 전해지지 않도록 무척 신경 썼다.

필킹턴과 프레더릭은 동물들이 스스로 농장을 경영한다는 소문을 듣고 처음에는 "설마!" 하고 비웃었다. 그들은 보름도 안 되어 모든 상황이 끝날 것이라고 장담하였다. 메이너 농장의 동물들이 자기들끼리 계속 싸움질하다가 곧 굶어 죽고 말 것이라고 떠들었다. 또한 '동물농장'이라는 이름은 도저히 용납할 수 없다며, 끝까지 '메이너 농장'이라고 부르기를 고집 피웠다.

그러나 시간이 흘러가도 동물들이 굶어 죽지 않자 그 소문을 믿으려 하지 않았다. 프레더릭과 필킹턴은 소문을 바꾸어 동물농장에서 지금 무시무시한 사건이 벌어지고 있다는 이야기를 퍼뜨리기 시작했다. 동물들끼리 서로를 잡아먹고 불에 달군 쇠발굽으로 서로를 고문하며 암컷을 수컷들이 공동으로 소유한다는 소문을 낸 것이다. 그러고는 이것이 자연의 순리를 따르지 않는 반란의 결과라고 떠들었다.

하지만 누구도 그 이야기를 있는 그대로 받아들이지 않았다. 다만 인간들을 쫓아내고 동물들이 스스로 운영하는 멋진 농장이 있다는 소문이 퍼져나갔을 뿐이다. 간간이 사실이 왜곡되기도 했지만, 그 해 내내 반란 이야기가 지방 구석까지 퍼져갔다.

항상 말 잘 듣고 일 열심히 하던 황소들이 갑자기 사나워지고, 양들은 울타리를 망가뜨리고 토끼풀을 닥치는 대로 먹어 치웠다. 암소들은 우유를 짜놓은 통들을 걷어차기도 하고 사냥 말들은 울타리를 뛰어넘기를 거부하고 오히려 등에 탄 기수들을 울타리 너머로 내동댕이쳐버렸다.

무엇보다도 〈영국의 동물들〉의 노래가 여러 곳으로 알려지게 되었고, 그 노래는 놀랄 만한 속도로 퍼져나갔다. 인간들은 애써 그 노래를 우스꽝스럽게 여기는 척하였다. 그러나 마음속으로는 끓어오르는 분노를 참을 수가 없었다. 아무리 동물이라지만 어떻게 그따위 노래를 부를 수 있는지 경멸스러웠다. 그 노래를 부르다 들킨 동물은 그 자리에서 매질을 당했지만, 노래가 퍼져나가는 것을 억누를 수는 없었다. 지빠귀들은 산울타리에 걸터앉아서 그 노래를 지저귀고, 비둘기들은 느릅나무 위에서 구구거리며 노래를 읊었다. 노랫가락은 대장장이의 망치질 소리와 교회 종소리에 합쳐져 들렸고, 사람들은 그 가락을 들을 때마다 자기네 농장에 다가올 운명을 듣는 듯해 남몰래 몸서리를 쳤다.

추수 계절이 되어 곡식을 베어 쌓고 타작도 어느 정도 일부 해놓았을 무렵, 상공을 빙빙 돌던 비둘기 무리가 급격히 하강해 농장 마당에 내려앉았다. 비둘기들은 몹시 흥분한 상태로 "지금 존스가 폭스우드와 핀치필드 농장에서 여러 명의 일꾼과 함께 빗장 다섯 개의 정문을 넘어서 마차길을 따라 농장 쪽으로 올라오고 있어!"라고 말했다. 그들은 분명 빼앗겼던 농장을 탈환하려고 손에 몽둥이를 들었으리라. 특히 존스는 양손에 총을 들고 선두에서 진격해오고 있다고 했다.

오래전부터 예상하였던 일이라 동물농장 동물들은 필요한 모든 준비를 해놓은 상태였다. 스노볼은 안채에서 찾은 전술 책—줄리어스 시저가 전투를 치르고 나서 쓴 것—을 열심히 탐구해왔기 때문에 그가 방어 작전을 지휘하게 되었다. 스노볼이 명령을 내리자마자 모든 동물이 각각 자기 위치에서 방어 준비를 완료하였다.

인간들이 농장 건물 쪽으로 접근하자 스노볼은 첫 번째 공격 명령을 내렸다. 서른다섯 마리가 넘는 비둘기들이 공중으로 올라가 인간들의 머리 위에 일제히 똥을 떨어뜨렸다. 인간들이 똥을 피하느라 아우성치는 사이, 울타리 뒤에 숨어 있던 거위들이 침략자들을 쫓아가 종아리를 사정없이 쪼아댔다. 그러나 이 작전은 인간들에게 약간의 혼란을 일으키려는 접전에 불과했다. 인간들은 손에 들고 있던 몽둥이를 휘둘러 손쉽게 거위들을 쫓아내버렸다.

그러자 스노볼은 두 번째 공격을 개시했다. 스노볼이 직접 선두에 서서 공격을 지휘하고, 뮤리얼과 벤저민은 몸을 뒤로 돌려 작은 발굽으로 인간들에게 발길질하여 방어하였다. 그러나 징이 박힌 장화를 신고 몽둥이를 든 인간들이 우세했다.

돌연 스노볼이 후퇴하라며 꽥꽥 소리를 질렀고, 동물들은 일제히 돌아서서 안마당으로 후퇴하였다. 동물들이 후퇴하자 인간들은 승리의 환호를 지르며 두서없이 동물들을 뒤쫓았다. 그러나 이것은 스노볼의 작전이었다. 인간들이 공격하러 안마당으로 들어오자마자 스노볼의 신호를 받고 외양간에 매복해 있던 말과 암소 세 마리, 돼지 전원이 뛰쳐나와 그들의 후미를 차단했다. 이내 스노볼은 공격 기회를 놓치지 않고 직접 존스를 향해 정면으로 돌진했다. 존스는 스노볼이 공격하는 것을 보고 총을 발사했다. 총알이 스노볼의 등을 약간 스쳐서 피를 냈다. 또 한 방이 발사되었고 양 한 마리가 그 총알을 정통으로 맞아 죽었다. 그러나 스노볼은 조금도 지체하지 않고 100킬로그램이나 되는 몸을 날려 존스의 다리를 들이받았다. 존스는 거름 더미 위에서 처박히면서 총을 놓쳐버렸다.

가장 무시무시한 전투를 치른 주인공은 복서였다. 그는 종마처럼 뒷발로 우뚝 서서 쇠발굽이 박힌 거대한 앞발로 사정없이 발길질해댔다. 첫 번째 발길질이 폭스우드 농장에서 온 마구간지기 젊은이의 머리통에 맞아들어갔고, 그는 그대로 나가떨어져 진흙탕 바닥에 쭉 뻗었다. 그 모습을 지켜본 몇몇 인간은 공포에 질린 나머지 몽둥이를 버리고 도망쳤다. 하지만 동물들은 마당을 일제히 빙글빙글 돌며 그들을 쫓아다니며 계속 공격했다. 인간들은 무참하게 뿔에 찔리고 물어뜯기고 발에 짓밟혔다. 농장의 동물들은 제각각의 방식으로 인간들을 공격했다. 심지어 고양이들까지 합세해 공격했다. 고양이는 별안간 지붕 위에서 뛰어내려 발톱으로 소몰이꾼의 목을 할퀴었고 인간들은 마구 비명을 질러댔다.

인간들은 빠져나갈 틈이 열리는 순간, 안마당에서 허겁지겁 뛰어나가 큰길 방향으로 도망갔다. 그리하여 공격한 지 몇 분도 지나지 않아 인간들은 조금 전에 왔던 길로 볼썽사납게 도망쳐버렸다. 거위 떼가 마지막까지 인간들을 쫓으며 종아리를 쪼아댔다.

인간들은 한 명만 남고 모두 도망쳤다. 복서는 마당 바닥 진흙에 얼굴을 처박고 있는 마구간지기를 발굽으로 흔들어 뒤집어보려고 했지만, 그는 꼼짝도 하지 않았다. 복서는 슬픔에 젖은 목소리로 "죽었어." 하며 말하였다.

"이렇게 죽일 생각은 없었는데 내 발굽에 징이 박혀 있다는 걸 깜빡했어. 고의가 아니었어. 정말이야……."

"동무! 감상에 젖지 마시오!"

다친 상처에서 여전히 피를 뚝뚝 흘리며 스노볼이 복서를 향해 소리쳤다.

"전쟁은 전쟁이오. 오로지 죽은 자만이 어진 인간들이오."

"하지만 목숨까지 빼앗고 싶지는 않았는데……. 그게 비록 인간의 목숨일지라 하더라도."

눈물을 글썽이면서 복서가 말했다. 그때 누군가가 소리 질렀다.

"몰리는 어딜 간 거야!"

몰리가 보이지 않았다. 동물들은 잠시 긴장했고 큰 소동이 벌어졌다. 인간들이 몰리를 납치해서 어디로 끌고 갔을까 봐 걱정했다. 잠시 뒤, 여물통에 머리를 틀어박혀 숨어 있는 몰리를 찾아냈다. 총소리가 들리자 재빨리 그곳으로 피신한 것이다. 몰리를 찾아내고 와보니, 죽은 줄만 알았던 마구간지기가 정신을 차려 도망쳤다는 것을 알게 되었다.

동물들은 흥분한 상태로 다시 집합하였다. 동물

들은 저마다 전투에서 자신들이 승리한 전공을 목청껏 떠들어댔다. 곧이어 현재 모인 자리에서 즉흥적으로 승리 축하 행사가 거행되었다. 그들은 깃발을 게양하고 〈영국의 동물들〉이라는 노래를 몇 차례나 목청 높여 불러댔다. 이어서 죽은 양을 위하여 엄숙한 장례를 치르고, 양의 무덤에 산사나무 한 그루를 심었다. 스노볼은 무덤 앞에 서서 '우리 모든 동물은 필요하다면 동물농장을 위해서 죽을 각오를 해야만 한다'라고 짤막한 연설을 했다.

동물들은 군사 훈장을 제정하기로 만장일치로 합의하였고, 그 자리에서 스노볼과 복서에게 '동물 영웅 일등' 훈장을 수여하고 일요일과 공휴일에만 착용하도록 했다. 이 훈장은 마구간에서 발견한 놋쇠로 만든 말 장식이었다. 또 '동물 영웅 이등' 훈장도 만들어 거룩하게 전사한 양에게 추서하였다.

이번 전투의 이름을 뭐라고 지을지를 두고 동물들은 한참 동안 토론했다. 긴 토론 끝에 마침내 복병이 뛰쳐나온 곳의 이름을 따서 '외양간 전투'라고 부르기로 했다.

동물들은 진흙탕 속에 떨어져 있는 존스의 총을 발견했고 아직 그 안에 실탄이 가득 남아 있음을 모두에게 알렸다. 동물들은 존스의 총을 게양대 밑에다 대포처럼 항상 세워놓고 일 년에 두 번씩 발사하기로 하였다. 한 번은 외양간 전투 승리 기념일인 10월 12일, 또 한 번은 반란 기념일인 세례 요한축일에 축포를 쏘기로 한 것이다.

5

겨울이 다가오면서 몰리는 점점 더 말썽꾸러기가 되었다. 아침마다 일터에 지각하기 일쑤였고, 깜박 졸았다며 변명을 하는 일이 잦아졌으며, 식욕이 왕성해서 먹을 것은 다 찾아 먹으면서 이상하게 몸이 피곤하다며 투덜댔다. 항상 이런저런 핑계를 대며 일하는 도중에 요리조리 빠져나와 물을 마시는 웅덩이에 반사된 자신의 모습을 바보처럼 바라보곤 했다.

그러나 그보다 더욱 심각한 것은 몰리에 대한 안 좋은 소문이었다. 어느 날 풀잎 줄기를 입에 물고는 긴 꼬리를 마구 흔들어대며 명랑한 걸음걸이로 마당에 들어서는 몰리를 클로버가 구석으로 데리고 갔다.

"몰리, 너에 대한 아주 심각한 소문이 돌고 있어. 오늘 아침에 네가 우리 농장과 폭스우드 농장의 사이에 있는 울타리 너머를 멍하니 바라보는 걸 봤어. 폭스우드 농장 일꾼 한 명이 산울타리 건너편에는 서 있더군. 내가 멀리 떨어지긴 했지만 내 눈으로 똑똑히 봤어. 그 일꾼이 너에게 무언가 말을 걸면서 콧등을 어루만져도, 너는 가만히 있었지. 그건 도대체 무엇을 의미하는 거야, 몰리!"

"그 사람은 안 그랬고! 나도 그러지 않았어! 정말이야!"

펄쩍 뛴 몰리는 앞발로 땅바닥을 긁어대며 말했다.

"몰리! 내 얼굴을 똑바로 보고 말해봐! 그 사람이 네 코를 안 만졌다고 맹세할 수 있어?"

"말도 안 돼! 그건 사실이 아니라니까."

몰리는 같은 말로 발뺌했지만, 클로버의 얼굴을

똑바로 보지는 못했다. 그러더니 몰리는 별안간 밭쪽으로 뛰어 달아났다. 클로버의 머릿속에 어떤 생각이 떠올랐다. 그녀는 다른 동물들에게는 말하지 않고 몰리의 마구간으로 가서 발굽으로 짚단을 들춰보았다. 짚 더미 밑에는 각설탕 덩어리들과 다양한 빛깔의 리본 다발이 숨겨져 있었다.

사흘 뒤 몰리는 사라졌다. 몇 주 동안 그녀의 행방에 대해 아무런 소식도 들을 수 없었다. 나중에 비둘기들이 윌링던 어느 구석에서 몰리를 보았다는 소식을 알려주었다. 몰리가 어떤 술집 앞에 세워져 있는 빨간색과 검은색 칠을 한 날씬한 이륜마차의 굴레를 걸치고 있었다는 것이었다.

술집 주인처럼 보이는 불그스레한 얼굴에 뚱뚱한 몸집을 가진 남자는 체크무늬 반바지를 입고 각반을 찬 채, 몰리의 콧등을 어루만지며 각설탕을 먹여주고 있었다고 한다. 털을 새로 가다듬었고, 앞머리에는 분홍색 리본을 매달고 있는 몰리는 상당히 행복해 보였다고 비둘기는 말했다. 그 후로는 누구도 몰리 이야기를 입에 올리지 않았다.

1월이 되자 매섭게 추운 겨울이 찾아왔다. 땅바닥이 돌덩어리처럼 단단해져서 밭에서는 아무 일도 할 수 없었다. 농장 헛간에서는 여러 번 회의가 열렸다. 돼지들은 겨울이 지나면 다가올 봄에 해야 할 일들을 계획해야 해서 딴생각을 할 틈이 없었다. 다른 동물들보다 좀 더 영리한 돼지들이 농장의 모든 정책을 결정하는 것은 마땅한 일이라고 합의하였다.

비록 돼지들이 결정한 사항이라 할지라도 최종적으로 회의에서 다수결에 의해 승인을 받아내야만 했다. 이 방식은 스노볼과 나폴레옹 사이에 의견 충돌만 없다면 그런대로 순조롭게 유지될 것이었다. 그러나 스노볼과 나폴레옹은 서로 의견이 안 맞으면 우겨대며 좀처럼 양보하지 않았기 때문에 사사건건 충돌하였다. 둘 중 하나가 보리를 더 많이 심자고 하면, 꼭 다른 한쪽은 귀리를 더 많이 심어야 한다고 주장했다. 한쪽이 이 밭에는 양배

추를 심자고 하면, 다른 한쪽은 뿌리채소 말고 다른 것은 심을 수 없다며 반대하는 식이었다.

이들에게는 각자 뒤따르는 무리가 있어서, 때때로 격렬한 논쟁이 벌어지기도 했다. 스노볼은 뛰어난 대중적 연설로 회의 때마다 다수의 지지자를 이끌어내는 능력이 있었고, 나폴레옹은 기회를 포착하여 개별적으로 은밀히 교섭하여 자신에게 표를 끌어모으는 능력이 있었다. 특히 나폴레옹은 양들과 사이가 좋았다. 최근 양들은 시도 때도 없이 "네발은 좋고, 두 발은 나쁘다!"라고 외쳐댔는데, 스노볼이 연설하는 도중 결정적인 대목을 연설할 때마다 큰소리를 지르며 훼방놓는 일이 점점 많아졌다.

스노볼은 농장 안채에서 찾아낸 《농부와 목축업자》라는 잡지 몇 권을 자세히 탐독한 결과 여러 가지의 개혁안과 개선안을 잔뜩 생각해냈다. 스노볼은 농장 배수로와 목초 저장법, 인산석회 등에 관하여 유식하게 설명하였다. 모든 동물이 날마다 농장의 여러 장소에서 직접 배설하도록 하여 똥거름을 수레로 운반하는 데 드는 노동력을 줄인다는 복잡한 계획을 고안해낸 것이다.

나폴레옹은 자신이 직접 고안한 계획을 제출한 적은 없었지만 스노볼의 계획은 쓸데없을 것이라고 조용히 말하면서 반격의 기회를 엿보고 있는 듯했다.

스노볼과 나폴레옹이 벌인 분쟁 중에 가장 치열했던 것은 풍차 건설을 두고 벌인 의견 충돌이었다. 농장 건물에서 멀지 않은 곳에 길쭉한 목초지가 있는데, 그 안에는 농장에서 제일 높은 작은 언덕이 있었다. 농장의 지형을 조사해본 스노볼은 그 언덕이 풍차를 건설하기에 가장 알맞은 장소라고 의견을 내놓았다. 풍차로 동력을 얻어 발전기를 돌리면 농장에 전기를 공급할 수 있다는 것이었다. 그렇게 되면 축사를 전깃불로 환하게 밝힐 수 있고, 겨울에는 난방, 여름에는 냉방도 할 수 있으며, 농장에서 사용하는 모든 도구를 전기로 자동으로 가동할 수 있다고 말했다.

스노볼은 동물들이 들판에서 편안히 풀을 먹고, 책을 읽고, 대화를 하며 자기 계발을 하는 동안, 기계가 동물들을 대신해서 자동으로 일을 해준다는 것을 실감이 나게 설명했다. 동물들은 지금까지 자동기계를 한 번도 본 적도, 이야기를 들어본 적도 없었다. 이 농장은 아주 오래되어 원시적인 기구만 있었기 때문이다. 그래서인지 동물들은 눈이 휘둥그레 뜨고 모두 넋을 잃은 채 스노볼의 설명에 귀를 기울였다.

몇 주일이 지나고 스노볼이 계획한 풍차 그림 설계가 완성되었다. 기계에 관한 세부 지식은 대부분 존스 부인이 읽었던, 집수리 방법, 벽돌 쌓기 방법, 전기 설치에 관련된 책을 참고했다. 스노볼은 존스가 쓰던 인공 부화장을 자신의 설계사무실로 이용했다. 매끄러운 나무 바닥이라서 설계하기에 매우 적당해서 스노볼은 사무실에 한 번 들어가면 몇 시간 동안 설계에 몰두하였다. 책갈피를 돌로 눌러놓고, 발굽 사이에 분필을 끼워 날렵하게 이리저리 왔다 갔다 하며 설계도의 수많은 선을 바닥에 그어댔다. 스스로 흥분을 가라앉히지 못하고 작은 소리로 중얼대며 코를 킁킁거리기도 했다.

스노볼의 계획은 점차 수많은 크랭크와 톱니바퀴 그림으로 발전하고 복잡한 종합설계도가 되어 바닥의 절반 이상 그림이 채워지게 되었다. 다른 동물들은 그 설계도를 전혀 이해하지 못했지만 어쨌든 깊은 인상을 받아 그것을 구경하였다. 모두가 최소한 하루 한 번씩은 스노볼의 설계도를 구경하러 왔을 정도다. 암탉과 오리도 구경을 와서 분필로 그려진 설계도를 행여나 밟아서 지워질까 봐 조심했다.

오직 나폴레옹만이 설계도를 구경하러 오지 않았다. 그는 풍차 건설을 처음부터 반대해왔다. 반대만 하던 그가 어느 날 갑자기 설계도의 세밀한 부분까지 면밀하게 들여다보며, 한두 번은 킁킁대며 냄새를 맡아보기도 했다. 냄새를 맡아보던 나폴레옹은 설계도를 잔뜩 째려보더니, 갑자기 한쪽 다리를 쳐들고는 설계도 그림 위에 오줌을 갈겨대고는 말 한마디 없이 사라져버렸다.

농장 전체가 풍차 건설 문제를 둘러싸고 심각하게 의견이 갈라졌다. 스노볼 역시 풍차를 건설한다는 것이 쉽지 않은 작업이라는 사실을 부정하지 않았다. 돌을 깨어 벽을 만들고, 기둥을 세워 풍차의 날개를 만들고, 발전기와 연결되는 전선도 설치해야 했다. 스노볼은 이런 것을 만드는 데 필요한 자재들을 어떤 방법으로 구매할지에 대해 아무런 말도 하지 않았다. 그러면서도 그는 일 년 안에 풍차를 완성할 수 있다고 주장했다. 풍차가 완성되면 노동력이 엄청나게 절감되어 동물들은 일주일에 3일만 일해도 된다고 장담했다.

한편 나폴레옹은 지금 풍차 건설보다도 절실한 일은 식량 생산의 증가라고 주장했다. 풍차 건설에 시간과 노력을 허비한다면 모두 굶어 죽게 될 것이라고 했다. 마침내 동물들은 의견이 양쪽으로 갈라지게 되었다. 한쪽은 "스노볼에 투표하면 주 3일 노동을!", 다른 한쪽은 "나폴레옹에 투표하면 충분한 여물통을!"이라는 슬로건을 내걸었다.

유일하게 벤저민만은 어느 쪽에도 가담하지 않았다. 벤저민은 식량이 충분해질 것이라는 주장도, 풍차가 노동력을 줄여준다는 주장도 믿으려 하지 않았다. 풍차가 있으나 없으나 우리의 삶은 예전과 다름없이 흘러갈 것이며, 언제나 그랬던 것처럼 고생스러울 것이라고 말했다.

풍차 건설과 식량문제뿐만 아니라 농장 방위에 대한 문제도 심각했다. 인간들이 외양간 전투에서는 비록 패배했지만, 농장을 되찾기 위해 더 강한 공격을 할 것쯤은 예상하였기 때문이다. 또한 지난번 전투에서 인간이 패배했다는 소식이 근처 여러 농장에 퍼지는 바람에 그곳의 동물들이 전보다 더욱 강한 반항심을 지니게 된 것도 인간들이 동물농장을 공격할 충분한 이유가 되었다.

이런 문제에 대해서도 항상 스노볼과 나폴레옹은 서로 다른 의견으로 맞섰다. 나폴레옹은 동물들이 언제든지 사용할 수 있게 총 사용법을 익혀야 하니 총을 사자고 했고, 스노볼은 그보다는 다른 농장에 더 많은 비둘기를 파견하여 그곳의 동물들이 스스로 반란을 일으키게 해야 한다고 했다. 나폴레옹은 스스로를 방어할 능력이 없다면 틀림없이 인간들에게 정복당할 것이라는 주장이었고, 스노볼은 여러 곳에서 반란이 일어난다면 구태여 우리 스스로 방어할 필요가 없다는 주장이었다.

동물들은 처음에는 나폴레옹의 말에 솔깃하여 귀를 기울였다가도 나중에는 스노볼의 말에 솔깃하여 귀를 기울였다. 결국엔 도무지 어느 쪽이 옳은 것인지 판단을 내릴 수 없었다. 처음에 나폴레옹이 말하면 그 주장이 옳은 것 같고, 그다음에 스노볼이 말하면 또 그 주장이 옳은 것 같다며 양쪽 모두 동조하는 식이었다. 그러는 와중에 드디어 스노볼이 풍차 설계도를 완성했다. 동물들은 풍차 건설의 찬반을 다음 일요일에 열리는 회의에서 투표로 결정하기로 했다.

일요일 아침 동물들이 헛간에 다 모였다. 스노볼이 먼저 일어나 풍차 건설을 해야 하는 이유를 설명하자 양들이 "매애해!" 하며 스노볼의 설명에 방해를 놓아댔다. 스노볼의 연설이 끝나자마자 나폴레옹이 자리에 서서 매우 차분한 목소리로, 풍차를 건설하는 것은 바보 같은 짓이니 누구도 이 일에 동조해서는 안 된다고 말하고는 자리에 앉았다. 나폴레옹의 연설은 채 30초도 걸리지 않았으며 자신의 연설에 보이는 다른 동물들의 반응에 전혀 관심이 없는 척했다.

다시 스노볼이 자리에서 벌떡 일어나 또다시 음매 하며 떠들기 시작하는 양들을 향하여 조용히 해 달라고 소리친 뒤, 풍차 건설에 지지해줄 것을 열렬히 호소했다. 이때까지 동물들의 의견은 거의 반반으로 나뉘어 있었으나 그의 열변으로 동물들의 마음은 순식간에 스노볼 쪽으로 기울었다.

스노볼은 노동이라는 무거운 짐이 사라지게 될 동물들의 미래상을 유창한 언변으로 생생하게 표현하였다. 그의 상상력은 이제 여물을 자동으로 썰어주는 절단기를 설계하는 수준을 넘어섰다. 그는 전기 설치로 탈곡기부터 쟁기, 써레, 땅 고르는 롤러, 수확기와 건초를 묶는 기계까지 가동할 수 있으며, 모든 축사에 전용 전등과 냉온수 시설 및 냉난방기를 제공할 수 있다고 설명했다. 스노볼의 열변으로 투표 결과가 어느 쪽으로 기울지가 분명해졌다. 바로 그 순간 나폴레옹이 자리에서 벌떡 일어나더니 감정 어린 눈초리로 스노볼을 곁눈질해가며, 지금껏 한 번도 들어본 적 없는 찢어질 듯한 목소리로 날카롭게 반대 의견을 피력했다.

바로 그때 밖에서 무시무시하게 으르렁거리는 소리가 들리더니 얼마 후 놋쇠 장식이 박힌 목걸이를 한 커다란 개 아홉 마리가 창고 안으로 뛰어들어왔다. 스노볼은 자리에서 재빨리 일어나 자신을 물어뜯으려고 달려드는 개들의 이빨을 피해냈다. 개들은 서둘러 문밖으로 피신한 그의 뒤를 쫓아갔다. 무시무시한 개들을 본 동물들은 잔뜩 겁에 질린 채 문 쪽으로 몸을 돌려 추격전을 바라보았다.

스노볼은 있는 힘을 다해 넓은 길로 이어지는 기다란 목초지를 가로질러 달려갔다. 그는 돼지가 낼 수 있는 최대 속력으로 달렸지만 개들은 그의 발치까지 바짝 따라붙었다. 스노볼은 갑작스럽게 미끄러지고 말았다. 개들에게 잡힐 뻔한 순간에 그는 다시 일어나 조금 전보다 더 빠르게 달렸다. 개들도 여전히 빠르게 그 뒤를 좁혀갔다.

개 중 한 마리가 스노볼의 꼬리를 이빨로 물어뜯으려는 순간, 재빨리 피해 간신히 위기를 모면했다. 스노볼은 마지막 힘을 다해 뛰었고, 개들과 불과 몇 센티미터 사이를 두고 산울타리 구멍을 빠져나가는 데 성공했다. 그렇게 도망쳐 자취를 감추었고 이후 그의 모습을 더는 볼 수 없었다.

동물들은 모두 겁먹은 얼굴로 아무 말도 하지 못하고 헛간으로 들어왔다. 곧이어 개들도 헛간으로 들어왔다. 이 개들이 도대체 어디에서 온 것인지 처음에는 아무도 몰랐지만, 곧 의문은 풀렸다. 나폴레옹이 제시와 블루벨에게서 강아지 때부터 데려와 남몰래 키운 개들이었다. 그 개들은 완전히 다 자라지 않았을 때도 덩치가 커다란 개처럼 성장해 있어 늑대처럼 사나워 보였다. 개들은 존스에게 바싹 붙어 꼬리를 흔들어대던 것처럼 나폴레옹에게도 똑같이 꼬리를 흔들어댔다.

스노볼이 도망간 뒤 나폴레옹은 개들을 데리고 메이저 영감이 처음 연설했던 높은 연단으로 올라갔다. 그는 지금부터 일요일 아침에 열었던 회의를 중단한다고 선포했다. 그런 회의는 필요하지 않으며 시간만 낭비한다는 것이었다. 그리고 앞으로는 농장 운영에 대해 일어나는 모든 사항은 나폴레옹 자신이 직접 운영하는 돼지들로 구성된 특별 위원회가 설립될 것이라고 했다. 이들의 회의는 비공개적으로 할 것이며, 결정 사항들은 회의가 끝난 뒤에 동물들에게 전달할 것이라고 했다. 앞으로도 동물들은 일요일 아침마다 모여서 여전히 깃발에 경례한 뒤 〈영국의 동물들〉이라는 노래를 제창하고 그 주에 할 일들을 명령하겠지만, 토론 같은 것은 더는 하지 못한다고 했다.

스노볼이 개들에게 추방되는 모습을 지켜보고 큰 충격을 받아 좌절한 동물들은 나폴레옹의 독선적 선언을 듣고 실의에 빠졌다. 적당한 의견을 생각해낼 수만 있었다면 그들 중 몇몇은 당장 항의했을 것이다. 복서도 심기가 매우 불편했다. 귀를 뒤로 쫑긋거리고 앞머리를 여러 차례나 흔들어대며 생각을 정리해보려고 하였지만 복서는 끝내 한 마디의 말도 생각해내지 못했다.

그래도 분명하게 말할 수 있는 몇몇 똑똑한 돼지가 있었다. 앞줄에 앉은 젊은 돼지 네 마리가 동시에 벌떡 일어나 날카로운 목소리로 나폴레옹에게 따졌다. 그러자 나폴레옹을 지키고 앉아 있던 개들이 갑자기 돼지들을 향해 위협적으로 으르렁거렸다. 돼지들은 조용히 다시 자리에 돌아가 앉을 수밖에 없었다. 양들이 커다란 목소리로 "네발은 좋고, 두 발은 나쁘다!"라는 구호를 거의 15분 동안이나 떠들어댔고 그 바람에 토론할 기회를 완전히 막혀버렸다.

토론이 끝난 후에 스퀼러가 나폴레옹 편에 서서 농장 여러 곳곳을 두루두루 다니며 동물들에게 새로운 협의 사항을 설명하였다.

"동무들! 여러분은 희생을 무릅쓰고 중책을 떠맡은 나폴레옹 지도자에게 고맙다고 여겨야 합니다. 동무들, 지도자가 된다는 것이 즐거운 일이라고 생각하지 마십시오! 그와 반대로 오히려 무거운 책임을 지는 것입니다. 나폴레옹만큼 모든 동물이 평등하다는 사실을 굳게 믿는 동무도 없을 겁니다. 나폴레옹은 우리가 스스로 생각하고 결정하는 것을 지지합니다. 그러나 여러분은 잘못된 판단을 내릴 수도 있겠지요. 잘못된 판단을 하여 어떤 일이 생긴다면 우리의 운명은 어떻게 되겠습니까? 만약 여러분이 스노볼의 쓸데없는 풍차 건설계획에 동조했더라면 어떻게 되었을까요? 모두가 알다시피 스노볼은 도주한 범죄자입니다."

"그래도 스노볼은 외양간 전투에서 용감하게 싸워 승리했잖아요."

누군가가 말했다.

"용감하다는 것만으로는 충분치 않지요."

스퀼러가 대답했다.

"충성과 복종이 더 중요합니다. 지난 외양간 전투에서 스노볼의 전공이 상당히 과장되었다는 근거가 점차 밝혀질 겁니다. 동무들! '규율, 철통같은 규율!' 이것을 지금부터 우리의 구호로 정하겠습니다. 우리가 한순간이라도 방위에 허술한 듯 보이면 적들은 그 틈을 놓치지 않고 우리를 공격할 겁니다. 여러분, 존스가 다시 오기를 바라는 바는 아니겠지요?"

스퀼러가 존스의 귀환을 이야기하자 누구도 반

박할 수 없었다. 누구도 존스가 돌아오는 것을 원하지 않았기 때문에, 일요일 아침 회의에 존스가 온다고 주장하면 당연히 회의는 중단되어야 했다. 이 문제를 곰곰이 생각한 복서는 동물들을 대신해 말했다.

"나폴레옹이 아침 회의를 중단해야 한다고 했으면, 그 말은 옳은 거야."

그렇게 말하며 "내가 좀 더 일하면 돼. 나폴레옹은 항상 옳으니까."라고 되풀이하여 말했다.

그 무렵 날씨가 풀려서 봄갈이가 시작되었다. 스노볼이 풍차를 설계하던 헛간은 폐쇄되었고 아마 바닥에 그려진 설계도도 깨끗이 지워졌을 것이다.

동물들은 매주 일요일 아침에 헛간에 모여 그 주에 수행해야 할 명령을 전달받았다. 이제는 살점이 깨끗하게 떨어져 나간 메이저 영감의 두개골을 무덤에서 파다가 게양대 아래 있는 나무 그루터기 위에 총과 함께 나란히 세워놓았다. 깃발 게양이 끝나면 헛간으로 들어가기 전에 경건한 태도로 두개골 앞을 나란히 걸으며 지나가라는 지시가 동물들에게 떨어졌다.

이제 동물들은 옛날처럼 모여 앉지 않았다. 나폴레옹과 스퀼러 그리고 노래와 시를 잘 짓는 재능을 가진 '미니머스'라는 돼지는 높이 쌓은 연단 앞줄에 앉았다. 젊은 개 아홉 마리가 그들을 반원형으로 둘러싸고 앉았으며, 다른 돼지들은 그 뒤에 앉았다. 나머지 동물들은 연단 쪽을 마주 바라보며 헛간 바닥에 앉았다. 나폴레옹이 사나운 군인처럼 무뚝뚝한 말투로 그 주에 해야 할 명령을 읽으면, 동물들은 〈영국의 동물들〉을 한 번 부른 후 해산했다.

스노볼이 추방된 후 3주가 지난 일요일에 나폴레옹이 어떻게 해서든 풍차를 건설할 계획이라고 발표하자 동물들은 깜짝 놀랐다. 왜 마음을 바꿨는지에 대해 그는 아무런 해명도 하지 않았다. 다만 이 특별한 과제는 엄청나게 어려운 일이라 상당한 중노동을 수반하며 식량 배급을 줄일 필요가 생길지도 모른다고 말하였다.

하지만 풍차 설계는 마지막 세부 사항까지 철저히 완료되어 있었다. 돼지들의 특별 위원회가 풍차 건설계획과 관련하여 지난 3주 동안 꾸준히 작업해둔 것이다. 풍차 건설은 다른 여러 부대시설을 포함해서 2년 걸릴 것으로 예상되었다.

그날 저녁, 스퀼러는 비공식적인 자리에서 다른 동물들에게 나폴레옹이 풍차 건설을 반대한 게 아니라고 설명해주었다. 처음부터 풍차 건설을 하자고 주장한 것은 나폴레옹이었고, 스노볼이 부화장 바닥에 그려놓은 설계도는 그가 나폴레옹의 문서에서 훔친 것이라고 했다. 즉 풍차는 처음부터 나폴레옹의 독창적인 창작품이라는 것이다.

풍차 건설을 고안한 것이 정말 나폴레옹이라면, 정작 그것을 고안한 당사자가 왜 그토록 강경하게 반대 발언을 했느냐고 누군가 물었다. 스퀼러는 교활한 표정을 지으며 대답했다.

"동무들! 전술! 전술이란 이것이 바로 전술이지

요!"

나폴레옹이 풍차 건설을 반대하는 것처럼 행동한 것은 동물들에게 나쁜 영향을 미칠 위험이 있는 스노볼을 제거하기 위한 작전이었다고 했다. 동물들은 전술이란 말이 무슨 뜻인지 도무지 알지 못했지만, 스퀼러가 워낙 설득력 있게 설명을 잘한 데다 그를 따라온 세 마리의 개가 으르렁대며 위협하는 바람에 더는 아무런 질문도 하지 못하고 그의 해명을 받아들일 수밖에 없었다.

6

그해 동물들은 노예처럼 일만 했을 뿐이다. 그러나 그들은 고된 일을 하면서도 행복했다. 자신들이 일하는 것은 모두 자신과 다음 세대들의 이익을 위한 것이고, 착취만 하는 인간들을 위해 일을 하는 것이 아님을 알았기에 동물들은 노력과 희생을 조금도 아끼지 않았다.

봄과 여름에는 일주일에 60시간이나 일했고, 나폴레옹은 8월부터는 일요일 오후에도 일해야 한다고 발표했다. 일요일 오후에 하는 일은 자발적으로 하라고 했지만, 일하지 않는 동물한테는 식량 배급을 종전의 절반으로 줄일 것이라고 했다.

일요일 오후까지 성실히 일했는데도 여러 가지 사업은 시작도 못 하고 있었다. 수확도 지난해보다 줄었고, 초여름에 제때 밭갈이하지 못해 밭 두 군데에 채소를 아무것도 심지 못했다. 그래서 다가올 겨울에는 고생스러울 것임을 누구나 예상할 수 있었다.

더군다나 풍차 건설계획은 뜻밖에 어려움에 부딪혔다. 농장 안에 질 좋은 석회암 채석장이 있고, 헛간에서 상당한 양의 모래와 시멘트가 발견됐기 때문에 건설에 필요한 건축 재료는 충분한 셈이었다. 그러나 동물들이 돌을 알맞은 크기로 잘라 다듬는 과정에서 문제가 생겼다. 돌을 깨려면 곡괭이와 지렛대를 이용해야 했는데 동물들은 뒷다리로 설 수 없어서 그런 연장을 사용할 수가 없었다.

몇 주 동안 여러 가지 방법을 찾아 시도해보았으나 실패하던 차에, 누군가가 그럴듯한 방안을 제시하였다. 그것은 중력을 활용하는 방안이었다. 채석장 바닥에는 동물들이 사용하기에는 너무 큰 돌들이 널려 있었다. 동물들은 큰 돌과 몸에 밧줄을 묶고 죽을힘을 써서 채석장 꼭대기까지 올라가서 밧줄을 풀어 큰 돌을 밑으로 굴려 떨어트려 여러 조각이 나게 했다. 소, 말, 양 외에도 조금이라도 밧줄을 잡아당길 수 있는 동물은 모두 동원되었고 급기야는 돼지들까지 합세하였다.

조각난 돌을 공사장까지 운반하는 일은 큰 돌을 운반하는 것에 비해 쉬운 일이었다. 말들은 수레에 돌을 가득 실어 날랐고, 양들은 한 조각씩이라도 끌고 가 옮겼다. 뮤리얼과 벤저민도 오래된 이륜마차를 끌어 돌을 나르며 각자 소임을 다했다.

늦여름까지 그렇게 나른 돌은 충분히 쌓였고 드디어 돼지들의 지휘 아래 공사가 시작되었다. 공사는 힘들고 느리게 진행되었다. 바윗덩어리 하나를 끌고 채석장 꼭대기까지 가는 데 하루 꼬박 걸린 적도 여러 번이었다. 돌을 벼랑 끝에서 떨어뜨렸는데도 제대로 깨지지 않고 힘만 들은 적도 가끔 있었다.

만약 복서가 참여하지 않았더라면 일이 조금도 진행되지 못했을 것이다. 복서의 엄청난 힘은 나머지 동물들의 힘을 모두 합친 것과 비슷할 정도였다. 밧줄을 끌어당길 때 돌덩이가 미끄러지면 동물들은 절망적인 비명을 지르며 언덕 아래로 끌려 내려갔다. 그럴 때마다 복서는 혼신의 힘을 다해 밧줄을 끌어당겨 굴러가는 돌을 멈춰 동물들을 구해주었다. 숨을 헐떡이며 미끄러지지 않게 발굽으로 땅을 단단히 밟고 널찍한 옆구리에 땀을 흥건히 고인 채 힘겹게 비탈길을 오르내리며 돌을 운반하는 복서의 모습은 누구라도 머리를 숙이며 감탄하게 했다.

이따금 클로버는 힘들어하는 복서에게 너무 무리하지 말라고 위로해주었으나 복서는 그 말을 귀담아들으려 하지 않았다. "내가 조금 더 열심히 일한다." 그리고 "나폴레옹 동무는 언제나 옳다." 그 두 가지 좌우명을 복서는 모든 문제의 해답처럼 인식했다. 복서는 젊은 수탉에게 지금까지 남들보다 아침에 30분 일찍 일어나던 것을 45분으로 앞당겨 깨워 달라고 부탁했다. 요즘에는 짧은 여유 시간까지도 채석장에서 부서진 돌덩이를 한 짐씩 모아 혼자 힘으로 풍차 공사장까지 옮겨 놓았다.

그해 여름 동안 고되게 일한 덕분에 동물들의 생활은 그럭저럭 지낼 만한 편이었다. 존스가 농장을 운영하던 시절보다 식량이 풍족하지는 않았지만, 부족하지도 않았다. 다섯 명의 사치스러운 인간들이 없어졌기 때문에 소비를 절약하는 데 많은 도움이 되었다.

흉작이 여러 해 동안 지속되지 않는다면, 소비 절약에서 오는 이익은 없어지지 않을 것이다. 그리고 동물들의 작업 방식은 인간보다 여러 면에서 능률적이라 노동력을 상당히 절감할 수 있다. 예를 들어 잡초 뽑는 일은 인간은 도저히 흉내 내지 못할 정도로 꼼꼼하게 해냈다. 또한 물건을 훔쳐 가는 동물이 아무도 없었기 때문에 밭과 목장 사이를 울타리로 막을 필요가 없어서 상당량의 노동력을 절감할 수 있었다.

그런데도 여름 지나 가을이 다가오면서 여러 가지 예상치 못한 약점들이 속속 드러났다. 파라핀 기름, 못, 철사, 개들에게 먹일 비스킷, 편자 만드는 데 쓸 무쇠까지 동난 물품이 한둘이 아니었는데, 전부 농장에서 생산할 수 없는 물품들이었다. 시간이 지나면 씨앗과 인조비료도 떨어질 테고, 여러 가지 연장과 풍차 건설에 사용할 장비 같은 소모품도 필요할 것이다. 그러나 이런 물품들을 어떻게 사는지를 동물 중 누구도 알지 못했다.

일요일 아침, 작업 내용을 지시받기 위해 모두 헛간에 모였을 때 나폴레옹은 새로 만든 정책 하나를 발표했다. 지금부터는 동물농장의 인근 농장들과 거래를 허가할 것이라고 했다. 그것은 상업적인 목적의 거래가 아니라 긴급물자를 조달하기 위한 거래라고 했다. 나폴레옹은 풍차 건설에 필요한 자재들이 다른 모든 것보다 우선 거래되어야 한다고 말했다. 그래서 그는 현재 쌓여 있는 건초와 올해 수확한 밀 중 일부를 판매하기 위해 협정을 맺는 중이라고 했다. 협정 중인 상품이 판매되고도 돈이 더 필요하면 윌링던 시장에 달걀을 팔겠다고 했다. 그러면서 나폴레옹은 암탉들에게 더 많은 달걀을 생산하여 희생한다면 풍차 건설에 많은 도움이 될 터이니 아주 특별한 공헌으로 여기고 희생을 감수하라고 말했다.

동물들은 다시 한번 막연한 불안감을 느꼈다. 인간들과는 관계를 맺지 않고, 절대로 거래도 하지 않을 것, 화폐를 절대로 사용하지 말 것. 이는 존스를 쫓아내고 승리감에 가득 찬 직후 열렸던 첫 회의에서 최초로 통과했던 결의사항이 아니었던가? 동물들은 그 결의를 생생하게 기억하고 있었다. 아니, 적어도 기억하고 있다고 생각했다.

나폴레옹이 폐회선언을 하였을 때 항의했던 젊은 돼지 네 마리가 머뭇거리며 말을 꺼내려 하자 개들이 위협하듯 무섭게 으르렁거렸고 그들은 이내 입을 다물어버렸다. 그러자 여느 때처럼 양들이 "네발은 좋고, 두 발은 나쁘다!"라고 외치는 바람에 어색해졌던 분위기도 순식간에 가라앉았다. 나폴레옹은 앞발을 들어 동물들에게 조용히 하라는 신호를 보내고는 이미 모든 준비를 끝냈다고 선언했다. 어떤 동물도 인간과 직접적으로 접촉할 필요가 없다며, 인간과 접촉하는 것은 바람직하지 않으니 자신이 모든 것을 책임진다는 것이었다.

윌링던에 사는 '휨퍼'라는 변호사가 동물농장과 외부세계의 중개인 역할을 할 것이라고 말하며, 나폴레옹의 지시사항을 받아 가기 위해 매주 월요일 아침 농장에 휨퍼가 방문할 거라고 했다. 나폴레옹은 항상 하던 대로 "동물농장 만세!"라는 구호로 연설을 끝냈고, 동물들은 〈영국의 동물들〉을 부른 뒤 해산했다.

이후에 스퀼러가 농장 한 바퀴를 돌면서 동물들의 불안감을 진정시켰다. 스퀼러는 동물들에게 인간들과 장사하지 않는다거나 화폐를 사용하지 않는다는 결의안은 통과된 적도 아니, 그러한 안건이 제출한 적도 없다고 장담했다. 그것은 완전히 추측만 가득한 거짓말이며 그 원인을 추적해보면 스노볼이 거짓 정보를 일부러 퍼뜨려 시작된 것이라고 했다. 그래도 몇몇이 여전히 의심하며 믿지 못하겠다는 반응을 보이자 스퀼러가 날카롭게 물었다.

"동무들, 꿈에서 본 것이 아니라고 장담할 수 있습니까? 꿈을 꾼 게 아니라면 그런 결의를 했다는 기록이라도 가지고 있습니까? 그게 어디에 쓰여 있다는 증거라도 있습니까?"

내용이 기록으로 존재하지 않는 것이 분명했기 때문에 동물들은 자신들이 잘못 알아들었거니 하고 넘어갈 수밖에 없었다.

휨퍼는 나폴레옹과 약속한 대로 매주 월요일 아침에 동물농장을 방문했다. 휨퍼는 작은 체구에 구레나룻을 기른 교활한 인상의 남자였다. 주로 시시한 일밖에 못 맡는 보잘것없는 변호사였는데, 동물농장에 변호사가 필요할 것이며 수수료도 적지 않으리라는 점을 누구보다 먼저 알아차릴 만큼 약삭빨랐다.

동물들은 휨퍼가 농장에 들락거리는 것을 두려운 마음으로 지켜보며 되도록 그를 마주치지 않으려고 했다. 그러나 네다리로 선 짐승 나폴레옹이 두 다리로 서 있는 인간 휨퍼에게 이래라저래라 명령을 내리는 모습은 동물에게 자부심을 느끼게 하였고, 몇몇 동물들은 나폴레옹이 내린 새로운 조치에 오히려 호감을 품게 되었다.

이제 인간과의 관계는 전과 전혀 달라졌다. 물론 인간들은 지금 번창하는 동물농장을 전보다 좋게 봐주는 것은 아니었으며, 오히려 전보다 더 미워했다. 모든 인간은 동물농장이 머지않아 곧 파산할 것이며, 특히 풍차 건설사업도 실패로 끝날 것이라고 보았다. 그들은 술집에 모여 앉아 풍차는 완공하지 못하고 무너질 것이고, 설령 완공되더라도 절대로 작동하기 어렵다면서 도표까지 그려가며 자기네 주장을 서로 증명해 보이곤 했다.

그러나 그러면서도 인간들은 동물들이 스스로 효율적으로 농장을 운영하는 모습에 어떤 존경심마저 품게 되었다. 인간들은 이제 예전 명칭인 '메이너 농장'이라 부르지 않고 정식명칭인 '동물농장'이라고 불렀다. 그것은 한편으로는 동물농장을 존경한다는 증거이기도 했다. 존스가 농장을 되찾겠다는 꿈을 포기하고 다른 곳으로 이사해서 살고 있어서 더는 그를 옹호할 이유가 없기도 했다.

동물농장은 중개인 휨퍼를 통한 거래 말고는 외부와 직접적인 접촉을 하지 않았다. 그러면서도 나폴레옹이 폭스우드 농장의 필킹턴과 핀치필드 농장의 프레더릭 중 어느 한쪽과 거래를 맺는다는 소문이 꾸준히 나돌았다. 그러나 어떤 이유인지는 모르지만 동물농장은 결코 두 사람과 동시에 거래하지는 않을 것이라고 했다.

갑자기 돼지들이 농장 안채 집으로 들어가서 그곳을 거처로 삼았다. 다른 동물들은 초기에 통과한 협의 사항 중에 안채 집에 기거하지 않기로 했던 것이 어렴풋이 생각났다. 그런데 이번에도 초기의 협의 사항을 스퀼러가 나서서 그런 협의 사항은 절대 없었다고 변명을 늘어놓으며 동물들에게 이해를 구했다.

돼지들은 농장의 수뇌 역할을 하는 일이어서 절대적으로 조용한 장소가 절대 필요하다고 말했다. 최근 들어 스퀼러는 나폴레옹을 '지도자'라는 칭호로 부르기 시작했는데, 지도자의 품위를 위해서라도 돼지우리보다는 안채에서 지내는 것이 품격에 어울린다고 말했다.

돼지들이 식당에서 식사하고 응접실을 사용할 뿐만 아니라 침대에서 잠까지 잔다는 말까지 들었을 때 몇몇 동물은 동요했다. 복서는 항상 그랬듯이 "나폴레옹 동무는 언제나 옳다."라고 말하며 동요를 막으려고 했다. 하지만 일곱 계명을 분명히 기억하는 클로버는 헛간 벽에 적혀 있는 '침대 사용을 금지한다'라는 계명을 읽어보려고 애썼다. 그러나 클로버가 읽을 수 있는 것은 알파벳 하나씩

밖에 없다는 사실을 깨닫고 뮤리엘을 일곱 계명이 적혀 있는 곳으로 데리고 왔다.

"뮤리엘, 네 번째 계명을 읽어줘. 어떤 동물도 침대에서 잠을 자면 안 된다고 쓰여 있지 않나?"

뮤리엘은 더듬거리며 계명을 읽어주었다.

"어떤 동물도 시트를 깐 침대 위에서 자서는 안 된다고 쓰여 있어."

클로버는 네 번째 계명에 그와 같은 표현이 적혀 있는 것을 읽을 수는 없으나, 지금은 벽에 그렇게 적혀 있는 게 확인되었으니, 이는 틀림없는 사실이라고 생각했다. 마침 우연히 개 두세 마리를 데리고 그곳을 지나가던 스퀼러가 이 사태의 진상을 명확히 설명해주었다.

"동무들은 돼지들이 요즘 안채의 침대에서 잠을 잔다는 걸 이미 들었군요? 그건 사실이에요. 그런데 그러지 못할 이유라도 있나요? 여러분은 침대에서 자지 말라는 규칙이 있다고 생각하는 건 아니겠지요? 침대는 잠을 자는 곳을 의미합니다. 외양간에 깔아 놓은 짚 더미도 침대라고요. 인간들이 만든 물건을 사용하지 말라는 것이 규칙이었죠. 우리는 안채에 있는 침대 시트를 벗겨 내고 짚 더미를 깔고 잡니다. 그것 역시 아주 편한 침대더군요! 그렇지만 요즘 우리가 작업하는 정신노동에 비하면, 그것도 편치 않아요. 여러분은 설마 우리한테서 그 정도의 휴식마저 빼앗지는 않겠죠. 우리가 너무 피곤해서 우리의 의무를 수행하지 못하도록 만들진 않겠지요? 여러분 누구도 존스가 돌아오기를 바라는 것은 아니겠지요?"

동물들은 절대로 존스가 돌아오는 것을 바라지 않는다며 스퀼러를 안심시켰다. 이제 누구도 돼지들이 침대에서 자는 것에 대해서 거론하지 않았다. 그로부터 며칠 후, 앞으로 돼지들은 다른 동물들보다 한 시간 늦게 일어날 것이라는 발표가 나왔을 때도 그 누구도 아무런 불평을 하지 않았다.

가을이 올 무렵 동물들은 고된 일로 몸은 피곤했으나 마음만은 편안했다. 건초와 곡식을 시장에 판매한 뒤라 겨울에 먹을 식량의 재고가 그다지 넉넉하지 못했지만, 풍차를 반 정도 건설한 것은 충분한 위안이 되었다.

수확이 끝난 다음 한동안 맑은 날씨가 계속되었다. 동물들은 풍차 건설에 박차를 가하기 위해 벽돌 한 개라도 더 쌓는 것을 보람으로 느끼며 예전보다 더욱더 열심히 일했다. 복서는 밤에도 나와서 달빛 아래 혼자서 한두 시간씩 일하곤 했다. 동물들은 여유 시간이 날 때마다 공사가 반쯤 진행된 풍차 주위를 돌았다. 그들은 수직으로 튼튼하게 우뚝 서 있는 풍차의 모습에 감동하면서, 자신들이 이처럼 당당한 건설을 할 수 있다는 사실을 자랑스럽게 여겼다. 벤저민은 입버릇처럼 당나귀들은 오래 산다는 모호한 말 이외에는 전혀 하지 않았다. 풍차 건설에 별다른 열의를 보이지 않는 동물 역시 벤저민이 유일했다.

11월이 오자 혹독한 남서풍이 휘몰아쳤다. 날씨가 너무 습하여 시멘트를 섞을 수 없었기 때문에 공사를 잠시 중단해야만 했다. 이윽고 어느 날 밤, 강풍이 불어닥쳐 농장 건물 전체가 흔들리고 헛간 지붕의 기왓장 여러 장이 날아가버렸다. 암탉들은 잠결에 멀리서 우당탕 소리를 듣고는 모두 잠에서 깨어나 공포에 떨며 울어댔다.

아침이 되어 밖으로 나온 동물들이 현장에 가 보니 바람에 게양대가 넘어져 있었고, 과수원 밑에 있는 느릅나무가 뿌리째 뽑혀 있었다. 그때 동물들의 입에서 절망적인 부르짖음이 터져 나왔다. 당혹스러운 광경이 눈앞에 펼쳐져 있었다. 풍차가 무참히 쓰러져 있던 것이다.

동물들은 모두 풍차 앞으로 달려갔다. 평소 뛰어다니지 않던 나폴레옹도 이때만큼은 선두로 달려갔다. 그들이 힘겹게 투쟁해 세운 결과물이 처참하게 무너져버렸고, 그처럼 애써서 깨고 운반했던 돌들도 사방으로 흩어져 있었다. 동물들은 말문이 막혀 누구도 입을 열지 않은 채 무너져 내린 돌무더기를 허무한 표정으로 바라볼 뿐이었다.

나폴레옹은 안절부절못하며 이따금 땅에 코를 대고 킁킁거리며 여기저기 냄새를 맡았다. 그의 빳빳해진 꼬리가 좌우로 재빠르게 움직였다. 무엇인가를 고심하는 듯하더니 갑자기 걸음을 멈추고 낮지만 강한 어조로 말했다.

"동무들, 이게 누가 한 짓인지 알겠습니까? 한밤중에 몰래 숨어 들어와서 우리 풍차를 무너뜨린 적이 누군지 압니까? 범인은 바로 스노볼이오!"

그는 어느새 벼락 치듯 목청을 높이며 외쳤다.

"이건 스노볼의 짓이오! 그 반역자는 자신이 치욕적으로 추방당한 앙갚음을 하기 위해서, 우리 계획을 망쳐버리려고 어둠을 틈타 숨어 들어 일 년을 공들여 세운 풍차를 파괴했소. 동무들, 나, 나폴레옹은 이 자리에서 스노볼에게 사형을 선고하오. 스노볼을 법의 형벌로 처치하는 자에게는 누구든 '동물 영웅 이등' 훈장을 수여하고 사과 15킬로그램을 줄 것이며, 그를 산 채로 잡아오는 자에게는 사과 30킬로그램을 줄 것이오!"

동물들은 스노볼이 저지른 죄에 엄청난 충격을 받았다. 여기저기서 분노에 찬 고함이 터져 나왔고, 숨어든 스노볼을 어떻게 잡아야 할지 궁리했다. 언덕에서 약간 떨어진 풀밭에서 돼지 발자국이 발견되었다. 그 발자국은 몇 미터 앞의 울타리 구멍으로 이어져 있었다. 나폴레옹은 그 발자국에 코를 바짝 대고 킁킁거리며 냄새를 맡더니, 스노볼의 것이 틀림없다고 말했다. 그는 폭스우드 농장 쪽에서 스노볼이 온 것 같다고 주장했다.

"동무들, 더는 지체할 시간이 없소!"

나폴레옹이 발자국을 자세히 조사한 뒤 소리쳤다.

"우리에게는 할 일이 있소. 오늘 아침부터 당장 풍차 재건을 시작합시다. 비가 오나 눈이 오나 겨우내 공사를 계속할 것입니다. 비열한 반역자에게 우리의 사업이 결코 쉽게 무너지지 않는다는 것을 가르쳐주어야 합니다. 자, 동무들! 우리 사업계획에 변경이란 없다는 것을 모두 명심하시오. 풍차가 완성되는 그날까지 하루도 빠짐없이 정확하게 추진해야 할 것입니다. 동무들, 다 함께 전진합시다! 풍차 만세! 동물농장 만세!"

7

그해 겨울은 혹한이어서 폭설로 눈과 진눈깨비가 쏟아지고 나면 독한 서리까지 내려 땅이 꽁꽁 얼어붙었다. 꽁꽁 언 땅은 2월이 되어도 좀처럼 녹지 않았다.

외부세계가 자신들을 관찰하고 있음을 알고 있던 동물들은 풍차를 다시 세우기 위해 온 힘을 쏟아냈다. 동물들이 풍차를 예정된 시일까지 완공하지 못한다면 질투심 많은 인간들이 승리감에 도취해 기뻐 날뛸 것이 분명했기 때문에 그들은 풍차 재건에 총력을 다했다.

앙심을 품은 인간들은 스노볼이 풍차를 부숴버

렸다는 사실을 좀처럼 믿으려 들지 않았다. 오히려 인간들은 풍차가 붕괴한 원인을 풍차 외벽을 너무 얇게 만들어서라고 했다. 동물들은 인간들의 주장이 사실이 아님을 잘 알고 있었지만, 이번에는 벽 두께를 두 배 두껍게 하기로 했다. 하지만 벽 두께를 두 배로 늘린다는 것은 전보다 훨씬 많은 돌을 모아야 한다는 뜻이기도 했다.

채석장에는 너무 많은 눈이 오랫동안 쌓여 있어서 동물들은 한동안 아무것도 할 수가 없었다. 서리가 내리는 추운 날씨에도 작업은 진행되었다. 그것은 참으로 어렵고 가혹한 노동이었다. 동물들은 일하는 동안 희망을 품을 수가 없었으며, 언제나 추위와 배고픔에 시달려야만 했다. 그들 중 오직 복서와 클로버만이 용기를 잃지 않았다. 스퀼러는 동물들 앞에서 봉사의 기쁨과 노동의 존엄성에 대해 멋진 연설을 늘어놓고는 했다. 그러나 동물들은 스퀼러의 연설보다 복서의 힘과 "내가 좀 더 일하면 돼!"라고 외치는 구호에서 큰 용기를 얻었다.

1월이 되자 식량이 부족해지기 시작하였다. 옥수수 배급량이 눈에 띄게 줄어서 그 대신 감자를 더 배급할 것이라는 발표가 있었다. 그런데 감자를 구덩이 속에 저장할 때 그 위에 흙을 두껍게 덮지 않아서 감자가 모두 얼어버리고 말았다. 감자 대부분이 물렁물렁해지고 색이 변하여 막상 먹을 수 있는 것은 얼마 되지 않았다. 그 때문에 감자 대신 왕겨와 근대만 먹으며 며칠을 버티는 날도 있었다. 동물들은 굶주림의 위기가 곧 눈앞에 닥쳐오리라는 것을 예감했다.

그러나 이런 사실을 외부세계가 절대 알지 못하도록 숨길 필요가 있었다. 풍차가 무너졌다는 소식에 힘이 생긴 인간들이 헛소문을 만들어내기 시작했기 때문이다. 모든 동물이 굶주림과 질병으로 죽어가고 있으며 자기들끼리 계속 싸움질을 하고 서로 잡아먹을 뿐만 아니라 새끼들까지 죽이고 있다는 소문이 퍼져나갔다.

나폴레옹은 동물농장의 식량이 부족하다는 것이 외부로 알려지면 나쁜 결과로 이어질 것을 잘 알고 있었기에 휨퍼를 이용하여 이와 완전히 반대되는 소문을 퍼트리기로 했다. 매주 월요일에 농장을 찾아오는 휨퍼는 동물들과 전혀 접촉이 없었다. 그러나 나폴레옹은 몇몇 양에게 휨퍼가 듣는 앞에서 우연인 것처럼 식량 배급이 더 늘어났다는 이야기를 주고받으라고 지시했다.

그리고 나폴레옹은 식량 창고에 텅 빈 곡물 통을 모래로 가득 채우고, 그 위를 남은 곡식이나 곡식 가루로 덮으라고 명령했다. 그는 적당한 핑계로 휨퍼를 식량 창고로 데리고 가서 곡물 통을 슬쩍 보여주었다. 휨퍼는 여기에 속아 넘어가 동물농장에는 식량이 조금도 부족하지 않더라고 세상에 떠들고 다녔다.

1월 하순이 되자, 어디서든 곡식을 좀 더 사들여오지 않으면 안 된다는 것이 분명해졌다. 나폴레옹은 공개 석상에는 거의 나타나지 않고 농장 안채에 온종일 틀어박혀 지냈으며, 사나운 개들이 안채의 모든 문을 지키고 서 있었다. 어쩌다가 나폴레옹이 외출할 때면, 중요한 행차라도 하듯 개 여섯 마리가 둘러싸고 호위해가며 움직이다가 누구든 가까이 다가오면 무섭게 으르렁거렸다. 나폴레옹은 일요일 조회에도 모습을 나타내지 않았으며 그의 명령을 대신 전달하는 역할은 항상 스퀄러가 맡았다.

어느 일요일 아침, 스퀄러는 암탉들에게 달걀을 낳는 대로 모두 내놓으라고 명령했다. 이는 나폴레옹이 매주 달걀 400개를 휨퍼를 통해 팔겠다는 계약을 맺었기 때문이다. 그 달걀을 판매하여 수입이 나면 농장의 형편이 나아지는 여름까지 식량을 충분히 사들일 수 있다고 했다.

암탉들은 발표를 듣자마자 끔찍한 비명을 지르며 항의했다. 암탉들은 언젠가 이런 봉사와 희생이 필요하다는 이야기를 듣기는 했지만, 정말로 그런 일이 벌어지리라고는 믿지 않았었다. 그들은 봄에 병아리가 태어날 수 있도록 알을 품을 준비를 하던 중이었다며, 지금 알을 빼앗는 것은 병아리를 살육하는 행위라고 거세게 항의했다.

존스가 추방된 후 처음으로 반란 비슷한 일이 발생했다. 검은색 미노르카종 암탉 세 마리의 주도로 암탉들은 나폴레옹의 요구를 단호히 거부하기로 했다. 그들이 선택한 방법은 서까래로 날아올라서 알을 낳고 땅바닥으로 떨어뜨려 알을 깨뜨리는 것이었다.

그러자 나폴레옹은 암탉들에게 주는 식량 배급을 중지하라고 신속히 명령했고, 누구든 암탉들에게 단 한 알의 식량이라도 준다면 즉각 무자비하게 사형시키겠다고 선포했다. 그리고 암탉들에게 한 알의 식량이라도 주는 자가 있는지 개들에게 잘 지켜보라고 지시했다.

암탉들은 닷새 동안이나 버티다가 끝내 항복하고 각자의 둥지로 돌아왔다. 그동안 암탉 아홉 마리가 죽었다. 닭의 사체는 과수원에 매장되었고,

사망 원인은 '콕시듐'이라는 질병 때문이라고 발표되었다. 휨퍼는 이 사건에 대해 아무것도 듣지 못했으며 달걀은 일주일에 한 번, 빠짐없이 인간 식료품 가게로 실려 나갔다.

그런 와중에도 스노볼의 흔적은 전혀 찾을 수가 없었다. 스노볼이 폭스우드 농장이나 핀치필드 농장에 숨어 있다는 소문만 무성할 뿐이었다. 그즈음 나폴레옹은 다른 농장주들과 좀 더 우호적인 관계를 구축하려고 노력했다. 농장 마당에는 십 년 전 너도밤나무를 벌목하여 베어 놓은 목재 더미가 있었는데, 오랜 시간이 흐르면서 아주 잘 말라 있었기에 휨퍼는 나폴레옹에게 그것을 팔라고 권했다. 필킹턴과 프레더릭이 똑같이 그것을 사고 싶어 했기 때문에 나폴레옹은 둘 중 누구에게 팔지 망설였다. 프레더릭에게 팔려고 하면 스노볼이 폭스우드 농장에 숨어 있다는 소문이 들려왔고, 필킹턴에게 팔려고 하면 스노볼이 핀치필드 농장에 숨어 있다는 소문이 들려왔기 때문이다.

이른 봄에 놀라운 사실이 하나 더 밝혀졌다. 그동안 스노볼이 밤마다 몰래 농장을 수없이 들락거렸다는 것이다. 동물들은 너무나 불안해서 도무지 잠을 잘 수가 없었다. 스노볼은 밤마다 농장에 몰래 들어와 곡식을 훔치고, 우유통을 뒤집고, 달걀을 깨고, 묘목을 발로 짓밟고, 과일나무의 껍질을 벗겨버리는 등 온갖 악행을 저지르고 다녔다고 했다.

그 이후로 동물들은 무슨 잘못된 일이 생기면 모두 스노볼 탓으로 돌리게 되었다. 유리창이 깨지거나 배수구가 막혀도 지난밤에 스노볼이 농장에 침입해 저지른 짓이라고 생각했고, 창고 열쇠를 잃어버렸을 때도 스노볼이 우물에 빠트렸다고 믿었다. 나중에 곡식 자루 밑에서 열쇠가 발견되었지만, 모두가 여전히 스노볼의 소행일 거라고 믿었다. 암소들은 스노볼이 외양간으로 몰래 들어와 자기들이 잠자는 사이에 우유를 짜 갔다고 말했다. 올겨울 내내 골칫거리였던 쥐들이 스노볼과 내통하고 있다는 소문마저 떠돌았다.

나폴레옹은 스노볼의 행위를 철저히 조사하겠다고 선포했다. 그가 개들을 데리고 농장 구석구석을 다니면서 세밀하게 조사하는 동안, 다른 동물들은 존경의 표시로 거리를 두고 그의 뒤를 따라다녔다. 나폴레옹은 몇 걸음마다 멈추고는 스노볼의 흔적을 찾기 위해 땅바닥에 코를 대고 킁킁거리며 냄새만으로도 찾아낼 수 있다는 자신감으로 수색했다.

창고, 외양간, 닭장, 채소밭 등 곳곳에서 냄새를 맡은 결과, 나폴레옹은 마침내 스노볼의 흔적을 찾아냈다. 긴 코를 땅에 대고 여러 차례 깊숙이 냄새를 맡더니 커다란 목소리로 "스노볼이야! 그놈이 여기에 왔었어! 이건 분명 그놈의 냄새야!"라고 외쳤다.

그의 입을 통해 스노볼이라는 소리가 들릴 때마다 개들은 모두 날카로운 송곳니를 무섭게 드러내 보이며 으르렁거렸다. 동물들은 완전히 공포에 떨었다. 스노볼이 마치 보이지 않는 공기에 흡수되어 갖가지 위험한 일을 저지르며 자신들을 협박하는 것 같았다.

저녁이 되자 스퀼러가 동물들을 모두 불러 모으고는 경악스러운 표정으로 중대한 소식을 발표하겠다고 했다.

"동무들, 참으로 무서운 사건이 벌어졌습니다."

스퀼러는 매우 흥분하여 펄쩍펄쩍 뛰며 소리를 질렀다.

"우리 농장을 뺏으려고 호시탐탐 기회를 엿보던 핀치필드 농장의 프레더릭에게 스노볼이 자신을 팔아넘겨버렸어요. 공격이 개시되면 스노볼이 프레더릭의 앞잡이 역할을 할 거라는 겁니다. 앞잡이 노릇은 표면적으로 드러난 것일 뿐입니다. 스노볼이 지금까지 허영과 야심 때문에 우리를 배신한 줄 알았는데, 그것은 잘못된 판단이었습니다. 동무들! 진짜 이유가 뭔지 아십니까? 스노볼은 처음부터 존스와 비밀리에 짜고 있었습니다! 그놈은 지금까지 줄곧 존스의 비밀 정보원이었다고 합니다! 그놈이 도망칠 때 남겨놓은 문서를 지금 막 발견했소. 동무들! 이 문서가 모든 증거물로 진실을 밝혀줄 거라고 믿습니다. 우리는 외양간 전투에서 그놈이 어떤 방식으로 우리를 패배하게끔 유도했는지 직접 목격하지 않았습니까? 물론 다행히 그 계획은 실패했지만요."

동물들은 큰 충격을 받아 넋을 잃었다. 스노볼이 존스와 짜고 비밀문서를 작성했다면 풍차를 부숴버린 것보다 훨씬 끔찍한 짓을 한 것이기 때문이다. 그러나 동물들이 스퀼러의 설명을 완전히 이해하는 데 많은 시간이 필요한 듯했다. 스노볼이 외양간 전투 때 위험을 무릅쓰고 선두에 나서서 싸웠는지, 위기 때마다 동물들을 어떻게 분리시켰는지, 존스의 총알에 부상을 입었을 때 조금도 두려워하지 않고 어떻게 투쟁했는지를 동물들은 생생하게 기억하고 있었다. 이런 사실들을 기억하고 있었기에 그런 행동들이 스노볼과 존스가 처음부터 짜고 한편이 되었다는 사실과 어떻게 관련되었는지 좀처럼 이해하기 어려웠다.

지금껏 한 번도 나폴레옹 측의 말을 의심해본 적이 없는 복서조차 그 부분에 대해서는 명확하게 구분하기가 어려웠다. 복서는 발굽을 꿇고 앉아 눈을 감고 신중히 생각을 정리하고 마침내 그가 입을 열었다.

"난 믿을 수 없소! 외양간 전투에서 스노볼이 진정으로 용감히 싸우는 것을 두 눈으로 똑똑히 보았습니다. 우리는 전투가 끝난 직후 그에게 동물영웅 일등 훈장도 주지 않았던가요?"

"동무, 훈장을 준 것은 크게 잘못된 겁니다. 우리도 이제야 잘못된 진실을 알게 되었습니다. 우리가 지금 막 찾아낸 비밀문서에 모두 기록되어 있습니다. 사실을 말하자면, 스노볼은 우리를 파멸의 길로 끌어들였던 것입니다."

"그렇지만 스노볼은 부상까지 입었잖아요. 스노볼이 피를 흘리며 우리 편에 서서 전투에 참여한 것을 우리 모두 확실히 보았습니다."

복서가 반박하며 말했다.

"그것도 진실을 가장한 스노볼의 계획된 음모였던 것입니다."

스퀼러가 크게 외쳤다.

"존스가 일부러 총알이 스노볼을 약간 스쳐 가게 쏘았을 뿐이에요. 여러분이 비밀문서를 읽어보면, 스노볼이 직접 쓴 것이 분명하다는 것을 확인할 수도 있습니다. 이 문서에 기록된 걸 보면, 결정적인 순간에 스노볼이 일부러 후퇴 신호를 보내 농장을 적들에게 넘겨주려고 했어요. 하마터면 존스와 스노볼의 계략이 성공하여 큰일날 뻔했지요. 동무들, 우리의 영웅인 나폴레옹 지도자가 없었다면 스노볼의 계략이 틀림없이 성공했을 거요. 존스의 일꾼들이 쳐들어왔던 그 순간, 스노볼이 갑자기 도망칠 때 모두 그의 뒤를 따라간 것을 다들 기억할 거요. 우리 모두 공포에 떨며 우왕좌왕하고 있을 때, 나폴레옹 동무가 '인간들을 몰아내자' 라고 외치면서 존스에게 돌진하여 그의 다리를 거침없이 물어뜯었던 것만큼은 틀림없이 기억하죠?"

스퀼러가 당시의 상황을 생생하게 표현하자, 동물들은 그때 그런 일들이 정말 사실인 것처럼 느껴지기도 했다. 스노볼이 뒤를 돌아 후퇴한 것은 사실이었기 때문이었다. 그러나 복서는 여전히 의심이 간다며 수긍하지 못한 채 말했다.

"스노볼이 처음부터 배신행위를 하려고 하지는 않았소. 스노볼이 그 후에 저지른 짓은 별개의 문제예요. 스노볼은 외양간 전투에서만큼은 훌륭했다고 믿습니다."

복서의 말이 끝나자마자 스퀼러가 천천히 그리고 확신 있는 말투로 대답했다.

"우리의 지도자 나폴레옹 동무는 스노볼의 배신을 확신하십니다. 스노볼은 처음부터, 반란을 계획하기 오래전부터 존스의 앞잡이였다고 말입니다."

"아하, 그가 그렇게 말했다면 얘기가 다르죠."

나폴레옹이 '스노볼은 존스의 앞잡이였다'라고 말했다면 그것이 사실일 거라고 복서는 수긍했다.

복서의 말을 듣고 스퀼러는 참으로 훌륭한 생각이라고 소리쳤다. 그러고 나서 스퀼러는 반짝거리는 조그만 눈으로 복서를 아주 험상궂게 노려보았다. 스퀼러는 돌아가려다가 발걸음을 멈춘 다음 이 농장 주변을 눈을 크게 뜨고 철저히 살피라는 충고를 덧붙였다.

"여러분 조심하십시오. 지금 이 순간에도 스노볼의 스파이가 우리 사이에 존재하고 있습니다."

며칠이 지난 오후, 나폴레옹이 동물들에게 마당으로 모두 모이라고 명령했다. 나폴레옹은 자신 스스로 자기에게 수여했던 동물 영웅 일급 훈장과 이급 훈장을 가슴에 달고 안채에서 모두가 집합한 장소로 걸어 나왔다. 덩치 큰 개 여러 마리가 나폴레옹의 주위를 호위하며 이리저리 뛰어다녔고, 다른 동물들에게 거세게 으르렁거리며 공포감을 주었다.

뭔가 무시무시한 일이 벌어지리라고 예감한 동물들은 겁에 질린 얼굴로 조용히 자리에 웅크리고 앉아 있었다. 나폴레옹은 예리한 눈빛으로 모두를 둘러보더니 갑자기 목청을 높여 굉음 같은 소리를 질렀다. 그 소리가 끝나자마자 개들이 갑자기 뛰쳐나와 돼지 네 마리의 귀를 사정없이 물고 질질 끌며 나폴레옹의 발 앞으로 데려갔다. 오랜만에 피 맛을 본 개들은 흥분해 한동안 미친 듯이 날뛰었고, 돼지들은 귀에서 피를 줄줄 흘리며 공포감에 휩싸여 고통스러운 비명을 질러댔다.

비명이 들리는 순간 개 세 마리가 별안간 복서에게 달려드는 것을 본 동물들은 모두 깜짝 놀랐다. 복서가 긴 다리를 이용해 덤벼들던 개 한 마리를 땅바닥에 내동댕이치고 사정없이 짓누르자, 두 마리의 개는 도망쳐버리고 짓눌려 있는 개는 살려달라고 울부짖었다. 복서는 개를 그대로 밟아 죽여 버릴까 살려 줄까 고민하며 나폴레옹을 슬쩍 쳐다보았다.

나폴레옹이 어두운 표정으로 즉시 개를 놔주라고 날카롭게 명령하자 복서는 다리를 들어 개를 놔주었다. 상처를 입은 개는 낑낑대며 슬금슬금 도망쳐 소란은 조용해졌다. 개들에게 귀를 물린 돼지 네 마리는 죄를 지은 표정들로 부들부들 떨면서 처분을 기다리고 있었다. 나폴레옹은 귀를 물린 네 마리 돼지들에게 죄를 자백하라고 다그쳤다.

일요일 회의를 중지한다고 나폴레옹이 선언했을 때 항의했던 바로 그 네 마리 돼지들이었다. 나폴레옹이 굳이 다그치지 않았는데도 돼지 네 마리는 스노볼이 추방된 이후에 계속 비밀리에 스노볼과 접촉을 해왔으며 스노볼과 공모하여 풍차를 부숴버리고 농장을 프레더릭에게 인도해주기로 합의했다고 자백했다. 자신이 지난 몇 년 동안 존스의 비밀 정보원이었다는 사실을 스노볼 본인이 돼지 네 마리에게 슬며시 말해주었다고 했다. 돼지들의 자백을 듣자마자 개들이 신속하게 달려가 그들의 목을 물어뜯었다.

나폴레옹은 험상궂은 말투로 다른 동물들에게도 자백할 것이 더 없느냐고 몰아붙였다. 그러자 달걀 판매 때문에 반란을 일으켰던 암탉 세 마리가 나폴레옹 앞에서 스노볼이 꿈에까지 나타나 나폴레옹의 명령에는 절대 복종하지 말라고 신신당부했다고 자백했다. 암탉 세 마리는 그 자리에서 사살되었다.

그다음 거위 한 마리가 역시 나폴레옹 앞으로 나와, 지난해 수확할 때 옥수수 여섯 알을 훔쳐 두었다가 밤에 숨어서 먹었다고 자백했다. 다음엔 양 한 마리가 나와, 자신이 우물에 오줌을 누었는데 그것은 스노볼의 명령이었다고 자백했다. 또 다른 양 두 마리가 나오더니 나폴레옹의 충복인 늙은 숫양이 감기로 고생하고 있을 때, 모닥불로 몰아 그를 죽여버렸다고 자백했다. 그들 또한 그 자리에서 즉시 처형되었다. 계속해서 자백과 처형이 이루어졌고 나폴레옹의 발 앞에는 시체 더미가 수북이 쌓였으며, 존스가 추방된 이후 처음으로 동물농장에 피비린내가 진동했다.

처형이 끝나자 돼지들과 개들만 남아 있고 다른

동물들은 한 덩어리가 되어 부들부들 떨리는 몸으로 슬금슬금 물러갔다. 그들은 스노볼과 공모한 동료에의 배신감과 방금 자신들이 목격했던 잔인한 처벌 중 어느 쪽이 더 충격적인지 구별할 수가 없었다. 존스가 농장을 운영하던 시절에도 끔찍한 살육 장면들이 가끔 벌어지곤 했으나 이번 일은 동물들끼리 벌인 사건이기 때문에 더욱 잔혹하게 여겨졌다. 존스가 농장에서 쫓겨난 뒤 쥐 한 마리도 살해한 적이 없었으며, 다른 동물들끼리 생명을 빼앗은 적도 없었다.

동물들은 완성되지 않은 풍차 앞으로 몰려가 그곳에서 따뜻한 온기를 다시 찾으려는 듯 서로 몸을 의지해 한 덩어리가 되어 둘러앉았다. 나폴레옹이 집합 명령을 하기 직전에 갑자기 없어진 고양이만 제외하고 벤저민, 로버, 뮤리엘, 암소, 양 그리고 거위와 암탉 모두가 한자리에 모였다. 복서만이 홀로 서 있었다. 한동안 침묵이 흘렀다. 복서는 길고 검은 꼬리로 옆구리를 휘둘러대고 가끔 한숨을 쉬며 왔다 갔다 하다가 마침내 말문을 열었다.

"아무래도 이해가 되질 않아. 우리 농장에서 이런 일이 벌어지리라고 상상도 못 했어. 도무지 믿을 수가 없군. 우리가 무언가를 잘못 생각하여 일어난 일이 아닐까 하는 생각이 들어. 내 생각에는 그저 열심히 일하는 것만이 해결책인 것 같아. 나는 내일부터 아침에 한 시간 더 일찍 일어나서 일할 테야."

그는 뚜벅뚜벅 무거운 걸음을 이끌고 채석장으로 걸어갔다. 복서는 채석장에서 밤이 될 때까지 돌을 두 짐씩이나 모으더니 풍차 공사장까지 혼자 날랐다. 동물들은 언덕에서 클로버 주위에 모여 앉아 말없이 있었다. 그 언덕에서는 농장과 마을의 풍경이 훤히 내려다보였다. 기다랗게 뻗어 있어 큰길까지 붙어 있는 목장, 덤불숲, 풀밭, 먹는 우물, 이제 막 초록빛으로 싹트기 시작하는 풀과 밀, 농장의 붉은 지붕의 굴뚝에서 모락모락 피어나는 연기……. 맑고 화창한 봄날의 저녁이었다. 풀밭은 새싹들로 푸른빛을 내뿜고, 산울타리가 저녁 햇살을 받아 붉게 물들었다. 동물들에게 농장이 이토록 아름다워 보인 적은 한 번도 없었다. 동물들은 이 농장과 땅까지 모두 우리 소유라는 것에 벅차오르는 기분이었다.

언덕 아래를 내려다보는 클로버의 눈가에 어느새 눈물이 가득 차 있었다. 만약 클로버가 본인의 생각을 말할 수만 있었다면 그들이 인간을 몰아내기 위해 계획을 세웠을 때 그 계획은 이런 모습이 결코 아니었을 것이라고 말했을 것이다. 이 같은 공포와 학살 장면은 메이저 영감이 처음 그들에게 반란을 일으키라고 선동하던 날 밤에는 전혀 예상하지 못한 것들이었다.

클로버가 떠올렸던 것은 모든 동물이 구타도 안 당하고 굶주리지도 않는 각자의 능력에 알맞게 일하는 평등한 사회였다. 메이저 영감의 연설이 있던 날 밤, 본인의 앞다리를 오므려 어미를 잃은 새끼 오리들을 보호해준 것처럼 강자가 약자를 보호해주는 동물 사회를 꿈꿨다.

그런데 현실은 정반대였고, 아무도 자신의 속에 있는 생각을 있는 그대로 말하지 못했다. 개들이 사납게 으르렁대어 겁주며 농장을 휩쓸어 충격적인 죄를 뒤집어씌워 자백하게 만든 다음 눈앞에서 처참하게 찢겨 죽는 모습을 지켜봐야 하는 그런 시대가 온 것이었다. 클로버는 왜 이런 시대가 온 것인지 좀처럼 잘 알 수가 없었다.

클로버는 반란을 선동하거나 어떤 명령에 불복종할 생각은 아니었다. 지금은 사태가 나빠졌지만 비록 존스가 농장을 운영하던 시절에 비하면 훨씬 더 좋아졌다고 생각했다. 그러므로 인간들이 되돌아오는 것을 어떻게든 막아야 한다는 사실을 클로버는 잘 알고 있었다. 무슨 일이 있어도 클로버는 이 속에 남아 열심히 일하며 나폴레옹의 명령을 충실히 수행하며 자신의 본분을 다할 것이다.

그렇지만 클로버와 다른 동물이 그토록 열심히

노력했던 것은 이러한 현실을 위해서는 결코 아니었다. 동물들이 존스의 총알에 맞서 싸우고 풍차를 건설한 것도 진정 이 사태를 맞이하려고 한 것이 아니었다. 클로버는 말로 표현하지는 못하지만, 이 사태를 수습해야겠다는 생각이었다.

마침내 클로버는 답답한 감정을 달래기 위해 말 대신 〈영국의 동물들〉이라는 주제가를 부르기 시작했다. 클로버의 노래가 들리자 옆에 앉아 있던 다른 동물들도 따라 불렀다. 노랫소리는 전에 불렀던 가락보다 점점 구슬프게 변해가며 세 번씩이나 불러댔다.

그들이 노래를 마치자마자 스퀼러가 개 두 마리를 데리고 무언가 할 말이 있는 것처럼 그들에게 다가왔다. 그는 나폴레옹의 특별지시로 〈영국의 동물들〉이라는 노래가 금지되었다고 말하며, 지금부터 그 노래를 불러서는 절대 안 된다고 하였다. 동물들은 깜짝 놀랐다.

"이유가 뭐죠?"

뮤리엘이 큰 소리로 물었다. 스퀼러는 거만한 태도로 대답했다.

"원래 〈영국의 동물들〉이라는 가사는 반란의 노래입니다. 하지만 반란은 이미 수습되지 않았습니까?"

그 말에 뮤리엘은 반박했다.

"오늘 오후에 반역자들의 처형으로 모든 문제가 수습되었잖소. 그리고 안팎의 적은 모두 사라졌잖소. 〈영국의 동물들〉이라는 노래에는 우리의 미래가 더 좋은 방향으로 나아가고자 하는 소망이 담겨 있습니다."

"이미 그 사회가 이루어졌으니 그 노래는 어떤 의미도 갖지 않게 된 것이지요."

스퀼러는 단호하게 대답했다. 두려워하면서도 도저히 참지 못한 몇몇이 항의하려고 했다. 그때 양들이 전에도 그러했듯이 일제히 "네발은 좋고, 두 발은 나쁘다!"를 계속 외치는 바람에 결국 항의할 기회를 놓치고 대화가 끝나고 말았다.

〈영국의 동물들〉이라는 노래는 동물농장에서 더는 들리지 않게 되었다. 시를 쓰는 돼지 미니머스가 그 노래 대신 새로운 노래를 지었는데, 그것은 다음과 같았다.

동물농장이여, 동물농장이여,
나를 따르면 결코 해를 입지 않으리!

동물들은 매주 일요일 아침 깃발을 게양한 뒤에 새 노래를 불렀지만, 전에 불렀던 〈영국의 동물들〉이라는 노래보다 못한 느낌이 들었다.

8

며칠이 지나고 처형과 학살의 공포가 거의 가라앉았을 때 몇몇 동물은 여섯 번째 계명인 '어떤 동물도 다른 동물을 죽여서는 안 된다'를 기억해냈다. 아니, 기억하고 있었다. 그들은 감히 개와 돼지들이 듣는 곳에서 소리 내어 말하지는 못했지만, 앞서 발생한 처형 사건은 확실히 여섯 번째 계명을 깨뜨리는 일이라고 생각했다.

클로버는 벤저민에게 여섯 번째 계명을 읽어달라고 부탁했으나, 벤저민은 이런 일에 끼어들기 싫다며 거절하였다. 클로버는 뮤리엘을 다른 곳으로 데리고 가서 계명을 읽어달라고 했다. 뮤리엘은 클로버에게 천천히 여섯 번째 계명을 읽어주었다.

계명에는 "어떤 동물도 '이유 없이' 다른 동물을 죽여서는 안 된다."라고 쓰여 있는데, '이유 없이'라는 말은 동물들의 기억 속에는 어찌 된 일인지 존재하지 않았다. 스노볼과 공모했던 반역자들은 처형할 만한 충분한 이유가 있었기에 처형한 것이므로 여섯 번째 계명을 어긴 것은 아니라는 사실이 밝혀졌다.

규명이 밝혀진 뒤 동물들은 지난해보다 더 열심히 일했다. 전보다 벽이 두 배 두꺼운 풍차를 건설하기 위해서는, 예정된 기일에 마치기 위해서는 엄청난 노동력이 필요했다. 동물들은 존스가 농장을 운영하던 시기에 비해 일은 더 많이 하는데도 먹는 것은 오히려 그때가 더 나았던 것 같다는 생각을 많이 하게 됐다.

일요일 아침마다 스퀼러는 앞발로 기다란 종이를 받쳐 들고 각종 생산량이 200퍼센트, 300퍼센트, 500퍼센트까지 증가했음을 증명해주는 통계표를 발표했다. 동물들은 반란이 일어나기 전의 수확량 수치를 모르기 때문에 스퀼러의 통계표를 믿을 수밖에 없었다. 통계수치를 믿든 안 믿든 동물들은 그 자체에 관심이 없었고, 그저 식량 배급이 많아지기를 바라는 날이 점점늘었다.

모든 명령은 스퀼러나 다른 돼지들을 통해서만 발표되었고, 나폴레옹은 격주 간격으로 한 번 정도 공식 석상에 나타날 뿐이었다. 모처럼 나폴레옹이 모습을 드러낼 때는 수행원 노릇을 하는 개뿐만 아니라 검은 수탉 한 마리를 대동하였는데, 수탉은 나폴레옹이 연설하기 전에 꼬끼오 하고 외치며 나팔수 노릇을 했다. 나폴레옹은 안채에서 지낼 때 다른 돼지들과 따로 방을 쓴다는 소문이 떠돌았다. 그는 개 두 마리가 옆에서 지키는 가운데 혼자 식사하며, 응접실의 유리 찬장에 있는 크라운 더비제 식기를 항상 사용한다고 했다. 급기야는 이제부터 기존의 두 기념일과 함께 매년 나폴레옹의 생일에도 축포를 쏘겠다고 발표했다.

나폴레옹은 어느 날부터 단순히 나폴레옹이라고 불리지 않았다. 그의 명칭은 공식적으로 '우리의 지도자 나폴레옹 동무'가 되었다. 돼지들은 그에게 '모든 동물의 아버지', '인간들의 공포 대상', '양 떼의 보호자', '새끼 오리의 친구'와 같은 여러 명칭을 만들어 붙이기를 좋아했다.

스퀼러는 다른 농장에서 아직껏 노예처럼 구속받고 살아가는 불행한 동물들에게 나폴레옹의 지혜와 너그러운 마음씨가 닿았으면 한다고 연설하며 눈물을 줄줄 흘렸다. 어느덧 모든 공로는 전적으로 나폴레옹의 공으로 돌아가는 것이 일반적인 상식이 되어버렸다. 암탉 하나가 다른 암탉에게 "우리의 지도자 나폴레옹 동무의 지도로, 엿새 동안 알을 다섯 개씩이나 낳았어."라는 소리를 자주 들을 수 있었다. 또 암소와 염소들이 웅덩이에서 시원스럽게 물을 마시며 "나폴레옹 동무의 영도력 덕분이야. 물맛이 아주 좋아졌단 말이야!" 하고 감탄하는 소리도 가끔 했다. 전반적인 농장의 분위기는 미니머스가 지은 「나폴레옹 동무」라는 시에 다음과 같이 잘 표현되어 있었다.

어버이 없는 자의 친구여!
행복의 샘이여!
여물통의 주여!
오, 내 영혼은 그대의 조용하고 위엄 있는 눈을
볼 때마다 불타오르나니

하늘의 태양처럼 나폴레옹 동무여!
그대는 모든 동물이 좋아하는 모든 것을 주시
는 자여
하루 두 번 배를 불리고 깨끗한 짚에서 뒹굴게
하니!
모든 동물들이 우리에서 평화롭게 잠들게 하고
그대는 모든 것을 돌봐주시는 분

나폴레옹 동무여!

내가 젖먹이 돼지를 낳으면
큰 주병이나 국수방망이만큼 커다랗게 자라기 전에
그대에게 충성스럽고 진실해지는 법을 가르치리라
그렇다. 아기가 외칠 첫마디는 나폴레옹 동무!

이 시가 마음에 든 나폴레옹은 '일곱 계명'이 적힌 벽 맞은편 헛간 끝에 써놓도록 했다. 시 위에는 스퀼러가 흰색 페인트로 나폴레옹의 초상화를 그려 넣었다.

한편 나폴레옹은 윔퍼의 주선으로 프레더릭과 필킹턴을 상대로 복잡한 격론을 벌이고 있었다. 목재 더미는 아직 팔리지 않았다. 둘 중 프레더릭이 더 목재를 사고 싶어 했지만, 합당한 값을 주려고 하지 않았다. 그 와중에 프레더릭이 자신의 일꾼들을 데리고 동물농장에 침입해 풍차를 부숴버릴 음모를 꾸미고 있다는 소문이 돌았는데, 스노볼은 지금도 핀치필드 농장에서 숨어 지낸다는 소문도 함께 들려왔다.

찌는 듯한 여름에는 암탉 세 마리가 스노볼의 선동으로 나폴레옹을 살해할 음모에 가담했다고 자백하여 동물들이 또 한 번 깜짝 놀랐다. 암탉들은 곧 처형되었고, 나폴레옹의 신변 보호를 위한 새로운 대책이 만들어졌다.

밤이면 네 마리 개가 나폴레옹의 침대 각 모서리에 앉아 그를 보호했고, '핑크아이'라는 젊은 돼지가 나폴레옹이 먹을 음식을 미리 먹어 독이 들어 있는지 확인했다.

그즈음에 나폴레옹이 필킹턴에게 목재를 팔기로 약속했다는 소문이 퍼졌다. 그는 또 동물농장과 폭스우드 농장이 생산하는 특정 상품을 물물교환하자는 계약을 정식으로 맺으려 했다. 나폴레옹과 필킹턴의 관계는 휨퍼의 중개를 거쳤지만 꽤 친밀하게 발전했다. 동물들은 필킹턴이 인간이라서 신뢰하지 못했지만, 그들이 두려워하고 미워하는 프레더릭보다는 그나마 낫다고 여겼다.

가을로 접어들면서 풍차가 거의 완성될 무렵 프레더릭의 반역자들이 공격할 준비를 마쳤다는 소문이 거세게 들려왔다. 프레더릭이 총으로 무장한 젊은이 20명을 데리고 동물농장을 공격할 계획이며, 농장의 등기 권리 증서를 손에 넣기 위해 미리 등기관리소와 경찰을 매수했다는 소식이었다.

더욱이 프레더릭이 본인의 농장 동물들에게 저지른 가혹한 행위에 관한 무시무시한 이야기까지 새어 나왔다. 늙은 말을 채찍으로 때려잡았고, 암소를 굶겨 목숨을 잃게 했고, 개를 아궁이에 집어던져 살해했으며, 수탉들에게는 발톱에 날카로운 면도날 조각을 붙이고 저녁에 싸움을 붙인 후 그 모습을 보며 흥미를 만끽한다는 것이다.

동물들은 자신의 동료들이 끔찍하게 살해당했다는 소식을 들을 때마다 전신의 피가 분노로 끓어올라 참을 수가 없었다. 모두 힘을 모아 핀치필드 농장을 공격하여 인간들을 몰아내고 우리 동료인 동물들을 해방해주자고 아우성쳤다.

스퀼러는 동물들의 주장을 받아들이려 하지 않았고 오히려 나폴레옹의 전략을 믿어달라고 부탁했다. 그의 말에도 프레더릭에 대한 반감은 계속 높아지기만 했다. 일요일 아침, 나폴레옹이 불쑥 목재 창고에 나타나 프레더릭에게 목재를 팔겠다고 생각한 적은 한 번도 없었다고 해명하며 그따위 악당들과 거래하는 것은 자기 체면을 스스로 깎아내리는 짓이라고 말했다. 반란 소식을 널리 소문내기 위해 외부로 파견했던 비둘기들은 이 순간부터 폭스우드 농장에는 절대 가서는 안 된다는 명령을 받았다. 또 비둘기들은 이전에 내걸었던 "인간에게 죽음을!"이라는 구호를 "프레더릭에게 죽음을!"이라고 바꾸어 외치라는 명령도 받았다.

늦여름에 스노볼이 다른 음모를 꾸미고 있는 것이 또 드러났다. 밀밭이 온통 잡초투성이였는데, 그것은 스노볼이 늦은 밤 밀밭에 잠입해 밀 종자와 잡초 씨를 섞어 놓아 뿌려 놓았기 때문이라는 사실이 확실하게 밝혀진 것이다. 음모에 가담했던 것을 뉘우치며 수컷 거위 한 마리가 스퀼러에게 죄를 자백하고 그 자리에서 벨라도나 독초 열매를 먹고 즉시 자살했다. 스노볼이 동물 영웅 일급 훈장을 받았다는 것 역시 거짓으로 드러났다. 그것은 그가 스스로 퍼뜨린 소문에 불과했던 것이다. 스노볼은 훈장을 받기는커녕 전투에서 비열한 행동을 보였기 때문에 오히려 질책을 받았다고도 했다. 몇몇 동물이 그 말을 미심쩍어했지만 스퀼러는 잘못 기억하고 있는 거라며 그들을 설득했다.

그해 가을 모두가 힘을 합쳐서 드디어 풍차를 완공했다. 풍차 완공 시기와 가을 추수 시기가 겹쳤기 때문에 동물들은 배로 노력해야 했다. 기계 부품구매 협상은 휨퍼가 맡았지만 경험이 부족했고, 현대적인 장비 하나 없이 악재가 계속되었으며, 스노볼의 배신까지 있었다. 온갖 난관을 모두 이겨내고 마침내 풍차는 예정된 날짜에 맞추어 완공되었다. 풍차를 만들기 위한 고된 노동으로 몸은 피곤했지만, 동물들의 마음은 자부심으로 가득 찼다. 들뜬 기분으로 자신들이 이룬 성과 주위를 빙글빙글 돌았다. 처음에 세웠던 풍차보다 벽이 두 배로 두꺼워 훨씬 더 아름답게 보였다.

폭탄을 사용하지 않는 한 절대로 벽은 무너지지 않을 것이다. 얼마나 많은 난관을 극복해 이룬 성과인가. 풍차의 날개가 돌며 발전기가 가동되면 전기가 생산되어 동물들의 생활에 큰 발전이 올 것이다. 그 생각만 하면 그동안 쌓인 피로가 한순간에 사라져버리는 듯했다.

동물들은 풍차 주변을 계속하여 빙빙 돌면서 승리의 환호성을 질렀다. 그때 나폴레옹은 개와 수탉을 앞세우고 나타나 완성된 풍차를 시찰하며 동물들의 노고를 위로하고, 지금부터 이를 '나폴레옹 풍차'로 명명한다고 발표했다.

그리고 모든 동물에게 이틀 후 창고에서 열리는 특별 회의에 참석하라는 명령이 떨어졌다. 회의에서 나폴레옹이 목재를 프레더릭에게 매매한다고 발표하고 내일 프레더릭의 마차가 목재를 실어갈 거라고 했다. 갑자기 듣게 된 소식에 동물들은 너무 놀라서 입도 제대로 다물지 못했다. 나폴레옹은 필킹턴과 가시적인 우호적 관계를 유지하면서 프레더릭과 비밀 계약을 체결한 것이다.

그 사건이 있고 나서 폭스우드 농장과의 모든 관계를 중단하고 모욕적인 메시지를 필킹턴에게 전달했다. 나폴레옹은 비둘기들에게 지금부터 핀치필드 농장에 절대 가지 말라는 명령과 "프레더릭에게 죽음을!"이라는 구호를 "필킹턴에게 죽음을!"이라는 구호로 바꾸라는 명령을 내렸다. 그리고 나폴레옹은 지난번에 프레더릭이 동물농장을 곧 공격해 온다고 했던 것은 헛소문이며, 프레더릭이 자신의 농장 동물들에게 가혹한 짓을 한다는 소문 역시 상당히 과장된 것이라고 단호히 말했다.

그 소문들은 아마 스노볼과 그의 정보원들이 퍼뜨린 헛소문일 것이라고 했다. 또 스노볼이 핀치필드 농장에 숨어 있다는 것은 거짓된 정보이며 실제로 스노볼은 핀치필드 농장에 한 번도 가본 적이 없다는 것이 드러났다. 스노볼은 폭스우드 농장에서 상당한 대우를 받으며 살고 있고, 수년간 필킹턴의 심부름꾼 노릇을 하며 지내왔다는 것이다.

돼지들은 나폴레옹의 대단한 전략을 듣고 넋을 잃었다. 필킹턴에게 목재를 거래하는 척 속임수를 쓰면서 프레더릭에게 목재값을 12파운드나 더 받고 팔았기 때문이다. 나폴레옹은 누구도 믿지 않는 성격이라 친밀한 척하던 프레더릭도 믿지 않았다고 스퀼러가 말하였다.

프레더릭은 나폴레옹에게 목재값을 수표로 치르겠다고 했다. 수표는 지불을 약속하는 종이의 일종이다. 하지만 나폴레옹은 그런 얄팍한 속임수에 넘어가지 않았으며, 목재를 싣고 가기 전에 5파운드 지폐로 내라고 하였다. 다행히 프레더릭이 현금으로 목재값을 내서 풍차 완성에 필요한 기계를 살 수가 있었다.

목재는 신속하게 마차로 실려 나갔다. 목재가 실려 간 뒤 프레더릭에게서 받은 돈을 모두에게 보여주기 위해 다시 창고에서 특별 회의가 열렸다. 번쩍이는 훈장 두 개를 가슴에 단 나폴레옹은 흐뭇한 표정으로 연단 위에 밀짚을 쌓아 만든 침대에 자리를 잡고 앉았다. 그 옆에는 안채 부엌에서 꺼내온 도자기 접시 위에 돈이 가지런히 쌓여 있었다. 동물들은 줄을 지어 침착하게 그 앞을 지나며 돈 구경을 실컷 했다. 복서가 돈에다 코를 갖다 대고 킁킁거리며 돈 냄새를 맡자 콧김에 얇은 흰 종이쪽이 팔락거리며 나풀거렸다.

그런데 며칠 후 무서운 일이 벌어졌다. 얼굴이 사색이 된 휨퍼가 자전거를 타고 정신없이 달려와서는, 농장 마당에 자전거를 내동댕이치고 곧장 농장 안채에 있는 나폴레옹 방으로 뛰어 들어갔다. 곧이어 나폴레옹의 방에서 어마어마하게 큰 고함이 터져 나왔다. 프레더릭이 대금으로 낸 돈을 휨퍼가 확인한 결과, 위조지폐로 밝혀진 것이다. 프레더릭은 목재를 공짜로 가져간 셈이다. 이 소식은 삽시간에 농장 전체로 퍼져나갔다.

위조지폐를 확인한 나폴레옹은 즉시 동물들을 소집하여 무시무시한 목소리로 프레더릭에게 사형 선고를 내렸다. 프레더릭을 체포하면 끓는 물에 산 채로 삶아 죽이겠다고 날뛰며 누구든 이런 배신행위를 하면 최악의 사태가 벌어지리란 것을 알아야 한다고 동물들에게 경고했다. 프레더릭과 그의 일당이 언제 공격해올지 전혀 알 수 없는 상황이었기 때문에, 나폴레옹은 농장으로 들어오는 길목마다 보초를 세워 철통같이 지키라고 명령하였다. 한편으로는 필킹턴과의 관계를 회복하기 위해 비둘기 네 마리에게 화해의 메시지를 실어 폭스우드 농장으로 서둘러 파견했다.

이튿날 아침 별안간 적들의 공격이 시작됐다. 동물들이 아침 식사를 하는 중에 파수꾼이 급히 뛰어와 프레더릭과 그의 일당이 농장 출입문을 통과해 이쪽으로 쳐들어오고 있다고 보고했다. 동물들은 급히 뛰어나가 적과 용감하게 맞서 싸웠지만, 이번에는 외양간 전투에서처럼 쉽사리 승기를 잡지 못했다.

적의 숫자는 열대여섯 명이었는데, 그중 총을 들고 있는 여섯이 사격권 내에 들어오는 동물에게 일제히 사격을 가했기 때문이다. 동물들은 무자비하게 쏟아지는 총알을 피할 길이 없었다. 나폴레옹과 복서가 동물들을 단합시켜 적을 물리치려고 안간힘을 썼으나 얼마 버티지 못하고 사방으로 도망쳐버렸다. 이미 아군의 피해는 심각했고, 상당수가 부상을 입었다. 농장 건물 안으로 숨어든 동물들은 벽 틈이나 구멍 난 곳으로 살며시 바깥 동정을 살폈는데, 이미 풍차와 목장 전체가 적에게 점령당한 상태였다.

이 지경이 되자 그 대단한 나폴레옹마저 어쩔 줄 몰라 입을 굳게 다물고는 굳어버린 꼬리를 흔들며 이리저리 서성댔다. 막연히 무언가를 기다리는 뜻한 표정으로 멍하니 폭스우드 농장 쪽만 바라보고 있을 뿐이었다. 필킹턴과 그의 일당들이 응원군이 되어 도와준다면 이번 전투에서 승리할 수 있다고 생각하며 폭스우드 농장 쪽만 바라보던 그 순간, 어제 파견되었던 비둘기들이 돌아왔다. 그중 한 마리가 필킹턴이 나폴레옹에게 보낸 쪽지를 전했는데, 그 쪽지 안에는 "꼴 좋군. 그럴 만도 하지."라는 조롱의 글이 적혀 있었다.

그러는 사이 프레더릭과 일당이 풍차 주위에 멈춰 서는 것을 본 동물들은 조마조마한 마음으로 절망적인 한숨을 내쉬었다. 프레더릭의 일당 두 명이 쇠지레와 큰 망치를 꺼내 들고 풍차를 부수려는 것을 바라본 나폴레옹이 적들에게 "그 벽은 절대 부수지 못할걸!" 하고 소리를 질렀다.

"아무리 부수려 해도 못 부술 거야! 이런 걸 대비해서 벽을 두껍게 만들어놓았기 때문이지! 일주일이 걸려도 못 부술 테니, 동무들, 용기 내서 싸워 봅시다!"

벤저민은 계속 인간들이 움직임을 주시했다. 프

레더릭 일당은 망치와 쇠지레를 이용하여 풍차의 밑동 가까이에 구멍을 뚫기 시작했다. 그 광경을 바라보던 벤저민은 흥미롭다는 표정을 지으며 콧등을 천천히 끄덕이며 말했다.

"내 그럴 줄 알았지. 저들이 구멍을 뚫어 뭘 하려는지 모르겠소? 이제 곧 저들이 구멍 속에 폭약을 넣을 거란 말이요."

그 말을 들은 동물들은 겁에 잔뜩 질렸지만 가만히 지켜볼 수밖에 없었다. 숨어 있는 건물에서 다른 곳으로 뛰쳐나가기는 이제 불가능해졌다. 잠시 후 급히 사방으로 흩어지는 인간들의 모습이 보였고, 동시에 고막이 찢어질 듯한 엄청난 폭음이 들려왔다. 그 소리에 놀란 비둘기들은 훌쩍 하늘로 날아올랐으며, 나폴레옹을 제외한 동물은 땅에 납작하게 배를 깔고 얼굴을 푹 숙였다. 얼마 뒤, 숙였던 고개를 들고 풍차가 있는 쪽을 쳐다보니 그 자리에는 검은 연기 띠가 거세게 일면서 바람을 타고 서서히 흩어져 가고 있을 뿐 풍차의 모습은 온데간데없이 사라져버렸다.

그 광경을 지켜본 동물들은 분노에 휩싸였다. 조금 전까지 절망했던 모습과는 다르게 인간들에 대한 분노가 폭발한 모습이었다. 동물들은 명령을 기다릴 것도 없이 한목소리로 함성을 지르며 적진을 향해 돌격했다. 그들은 우박같이 쏟아지는 총알을 뚫고 격렬하게 전투를 벌였다. 인간들은 계속해서 총을 쏘아댔다. 동물들이 적군의 진지 바로 앞까지 다가와서 공격하자 인간들은 이에 맞서 몽둥이를 마구 휘두르며 구둣발로 걷어찼다. 전투 중에 암소 한 마리, 양 세 마리, 거위 두 마리가 적에게 사살되었고, 동물 대부분이 크고 작은 부상을 입었다. 뒤에서 전투를 지휘하던 나폴레옹 역시 꼬리에 총상을 입었다.

인간들이라고 피해를 입지 않을 수 없었다. 세 명은 복서의 발길에 얻어맞아 머리가 터졌고, 한 명은 소뿔에 배를 받쳤으며, 한 명은 제시와 블루벨한테 물려 상처를 입고 옷이 거의 다 찢어졌다.

나폴레옹의 아홉 마리 개들이 명령에 따라 산울타리에 잠입한 뒤 측면에서 나타나 무섭게 짖으며 달려들자 그곳에 있던 인간들은 공포에 사로잡혔다. 자칫 잘못해 포위될 위험이 있다며 프레더릭이 겁에 질려 그의 일당에게 출구 쪽으로 도망치라고 소리 질러댔다. 동물들은 일제히 도망가는 적들을 끝까지 추격하여 마구잡이로 더 걷어차 상처입혔다.

동물들의 승리였다. 그러나 동물들은 완전히 지쳐버렸고, 상처를 입은 곳에서는 피가 줄줄 흘렀다. 지친 몸을 이끌고 다리를 절룩대며 천천히 농장으로 되돌아왔다. 전사한 동료들이 풀밭에 널려 있는 모습을 보자 감정이 북받쳐 눈물이 쏟아졌다. 풍차가 있던 곳에 걸음을 멈추고 잠시간 침묵에 잠겨 있다가 별안간 풍차가 없어졌다고 소리를 질러댔다. 그토록 공들여 세운 풍차가 완전히 부서져 기초적인 토대마저도 거의 파괴되었다. 폭발하는 힘으로 돌들이 산산조각이 되어 멀리 날아갔기 때문에 풍차를 다시 건설하려 해도, 지난번처럼 무너진 돌을 그대로 사용할 수도 없었다. 마치 원래부터 풍차 같은 것은 없었던 것 같았다.

동물들이 전투에서 승리하고 농장에 와보니. 전투장에서는 보이지 않던 스퀼러가 만족스러운 표정으로 꼬리를 흔들며 뛰어나왔다. 그때 농장 건물 안쪽에서 빵 하는 총소리가 들려왔다.

"저 총소리는 무엇입니까?"

복서가 물었다.

"우리의 승리를 축하해주기 위한 축포 소리입니다!"

스퀼러가 대답했다.

"무슨 승리요?"

복서가 다시 물었다. 복서의 무릎 밑에서 피가 흐르고 있었다. 게다가 한쪽 쇠발굽이 뜯겨 나간 탓에 발굽이 찢겼고, 폭탄의 파편 조각 여러 개가 뒷다리에 박혀 피가 흐르고 있었다.

스퀼러가 복서에게 대답했다.

"무슨 승리라니요. 복서 동무! 우리가 힘을 합쳐서 농장에서 적들을 다 쫓아내지 않았습니까!"

"그렇지만 저들은 우리가 2년 동안이나 힘들여서 세운 풍차를 부숴버렸잖아요."

"그게 무슨 상관이오? 우리는 다시 다른 풍차들을 세울 거예요. 우리가 원한다면 풍차는 여러 개라도 세울 수 있어요. 동무는 우리가 이룩한 과업을 인정하려 들지 않는군요. 적들은 우리가 사는 이 땅을 점령했잖아요. 우리는 나폴레옹의 탁월한 지도력 덕분에 이 땅을 조금도 빼앗기지 않고 전부 되찾았단 말이오!"

"그건 우리가 살던 땅을 되찾은 것뿐이오."

복서가 말했다.

"그게 바로 우리의 승리라는 거요."

스퀼러가 대꾸했다.

그들은 다리를 절룩대며 마당으로 들어섰다. 복서는 다리에 박힌 파편 때문에 몹시 아파했다. 복서는 고된 노동으로 풍차를 다시 건설해야 한다는 것을 알고 있었고, 마음속으로 마음가짐을 가다듬고 있었다. 그러나 자신은 벌써 열한 살이나 되어, 거대한 몸집과 근육이 예전같지 않다는 생각도 들었다.

동물들은 펄럭이는 초록색 깃발 아래 승리의 축포 일곱 발의 소리를 들으며 용감히 싸워 승리를 이끈 동물들에게 치하하는 나폴레옹의 연설을 들었다. 어쨌든 그 연설을 들으니 자신들이 정말로 크게 승리를 거둔 것 같았다. 나폴레옹은 스스로 장례 행렬 앞에 섰고, 복서와 클로버가 영구차를 끌었으며, 전투 중에 전사한 동물들의 장례식이 엄숙하게 치러졌다. 장례식이 끝난 후에는 노래를 부르고 춤을 추며 연달아 축포를 터뜨렸다. 승리 축하연은 꼬박 이틀 동안 벌어졌다. 동물들에게는 각자에게 걸맞은 특별음식과 선물이 제공됐다.

이번 전투는 '풍차 전투'라는 이름이 지어졌고, 나폴레옹은 '녹색 깃발 훈장'이라는 훈장을 새로 제작해 본인에게 수여한다고 발표했다. 모두가 위조지폐 사건은 까맣게 잊었고, 승리를 축하하며 승리의 기쁨에만 취해 있었다. 행사가 끝나고 며칠 뒤, 돼지들은 농장 안채 지하실에서 위스키 한 상자를 생각지도 않게 찾아냈다. 안채로 처음 들어왔을 때는 찾아내지 못한 것이다. 그날 밤 안채에서 노랫소리가 요란하게 들려왔는데, 〈영국의 동물들〉이라는 노래도 섞여 나와서 동물들은 무척 놀랐다. 밤 9시쯤, 나폴레옹이 예전에 존스가 사용하던 헌 모자를 쓰고 뒷문으로 나와 마당을 달려서 다시 황급히 집 안쪽으로 사라지는 모습이 동물들의 눈에 띄었다.

아침이 밝았으나 농장 안채 주변은 조용했고, 누구 하나 안채에 얼씬거리지 않았다. 오전 9시쯤 스퀼러가 나타났다. 걸음걸이는 느릿느릿 맥 빠진 듯 비실거렸고, 눈빛은 넋을 잃은 듯 힘이 없었으며, 꼬리는 밑으로 축 늘어뜨린 것이 마치 중병에 걸린 모습이었다. 그는 동물들을 소집시키더니, 나폴레옹 동무가 지금 죽어가고 있다는 매우 엄청난 소식을 전했다.

소식을 들은 동물들은 비탄에 젖어 눈물을 흘리고 여기저기서 울음을 터뜨렸다. 동물들은 안채에 짚을 깔아놓고 조심스럽게 걸어 다녔다. 자신들의 지도자인 나폴레옹 지도자가 우리 곁에서 떠난다면 앞으로는 어떻게 살아갈 것인지 걱정이 되어 눈물을 흘리면서 서로에게 기대 걱정했다. 나폴레옹이 먹는 음식에 스노볼이 은밀하게 독약을 넣었다는 소문도 퍼졌다. 오전 11시가 되자 스퀼러가 다른 발표를 위해 나타났다. 술을 마시는 자는 엄격하게 법률로 사형에 처할 것이라고 선포했다.

저녁이 되자 죽어가던 나폴레옹은 나아진 것처럼 보였고, 다음 날 아침에는 스퀼러가 나폴레옹이 회복하는 중이라고 전달했다. 건강을 회복한 나폴레옹은 그날 저녁부터 업무를 시작했다. 다음 날, 나폴레옹이 휨퍼에게 윌링던에 가서 양조 관련 책 몇 권을 사오라고 했다는 사실이 알려졌다.

일주일이 지난 뒤 나폴레옹은 동물들에게 과수

원 옆에 있는 밭을 갈라고 지시했다. 그 밭은 원래 은퇴하는 동물들을 위해 따로 남겨두었던 곳이다. 나폴레옹은 목장의 풀밭이 말라 죽어 없으니 그곳에 씨를 뿌려야 한다고 했다. 그러나 얼마 지나지 않아 나폴레옹이 그곳에 풀씨가 아닌 보리씨를 뿌리려 한다는 것이 알려졌다.

농장 안에서는 누구도 이해할 수 없는 이상한 사건이 벌어졌다. 어느 날 밤에 마당에서 뭔가 부서지는 커다란 소리가 터져 나왔다. 달빛이 환한 밤, 깜짝 놀란 동물들은 소리가 난 곳으로 우르르 달려갔다. '일곱 계명'이 쓰여 있는 창고 끝에 사다리가 두 쪽으로 부러져 있었다. 놀랍게도 그곳에는 스퀼러가 기절해 뻗어 있었고, 바로 옆에는 등불과 페인트 붓과 함께 쏟아진 흰색 페인트 통이 놓여 있었다. 개들이 곧 스퀼러에게 달려와 둘러쌌고 그가 다시금 걸을 수 있게 되자 그를 호위하여 농장 안채로 데리고 갔다. 왜 이런 일이 벌어졌는지 동물 중 누구도 알지 못했다. 그들 중에 오직 벤저민만은 어떻게 된 일인지 조금은 알고 있는 듯했으나 콧등만 끄덕이고 아무 말도 하지 않았다.

며칠 뒤, 스퀼러가 기절했던 장소에서 혼자 '일곱 계명'을 읽어보던 뮤리엘은 우연히 잘못된 구절을 한 곳 발견했다. 동물들은 지금까지 다섯 번째 계명이 "어떤 동물도 술을 마셔서는 안 된다."라고 알고 있었는데, 이해하지 못할 단어 하나가 더 있던 것이다. 다섯 번째 계명은 "어떤 동물도 '지나치게' 술을 마셔서는 안 된다."라고 적혀 있었다.

9

복서의 상처가 낫는 데에는 상당히 오랜 시간이 걸렸다. 승리 축하 행사가 끝난 다음 날, 동물들은 다시 풍차를 건설하기 시작했다. 공사 중에 복서는 단 하루도 쉬지 않았다. 심지어 복서는 자신이 힘들어하는 모습을 다른 동물들에게 보이지 않기 위해 모범적으로 더 열심히 일하였다. 저녁이 되면 복서는 클로버에게 발굽 상처 때문에 겪는 고통을 털어놓았다. 그러면 클로버는 약초를 직접 만들어서 복서의 발굽에 발라 치료해주었다. 클로버와 벤저민은 복서에게 쉬엄쉬엄 일하라고 당부했다. 클로버가 복서에게 말했다.

"말의 허파라고 해서, 영원히 숨 쉴 수 있는 것은 아니야."

그러나 복서는 클로버의 말을 귀담아듣지 않았다. 복서는 자신이 지닌 단 하나의 희망이 은퇴하기 전에 풍차를 완성하여 잘 돌아가는 모습을 보는 것이라고 했다.

동물농장에 여러 가지 법률이 처음 제정되던 때에 은퇴 연령 또한 만들어졌는데, 말과 돼지는 12세, 소는 14세, 개는 9세, 양은 7세, 닭과 오리는 5세였다. 노령 연금은 넉넉하게 책정되었다. 은퇴해서 연금을 받은 동물은 아직 없었지만, 근래에 들어 동물들은 연금을 자주 논의했다.

과수원 옆에 있는 작은 풀밭에는 보리를 심기로 결정되었고, 큰 목초지 한 부분을 정리해서 노후 동물들이 은퇴 후 사용하도록 할 거라는 소문이 돌았다. 말이 은퇴해서 받는 연금은 하루에 곡물 2킬로그램, 겨울에는 건초 7킬로그램, 경축일에는 당근 1개, 보너스로 사과 1개를 받게 될 것이라고 했다. 곧 12세가 되는 복서는 다음 해 늦여름이 은퇴 시기였다.

동물농장의 생활은 여전히 고되기만 하였다. 이번 겨울 역시 지난해만큼 추웠으며, 식량 배급은 터무니없이 부족했다. 돼지와 개들의 식량 배급량에는 변화가 없었지만, 다른 동물들의 식량 배급량은 눈에 띄게 줄었다. 스퀼러는 식량을 원칙적으로 평등하게 배급하는 것은 동물주의의 규율에 어긋나는 것이라고 주장했다. 외관상으로 보면 식량이 부족해 보일지 몰라도 현재로선 결코 '부족하지 않음'을 다른 동물들에게 전달했고, 그들을 설득시키는 것은 스퀼러에게 그리 어렵지 않은 일이었다.

그는 언제나 '당분간 배급량을 재조정할 필요가 있다'라고 하였지, '감축'이라고 표현하지 않았다. 재조정을 해도 존스가 농장을 운영하던 시절과 비교하면 지금은 엄청나게 좋아진 것이라고 주장했다. 스퀼러는 명쾌한 목소리로 재빠르게 숫자를 읽으면서, 존스가 농장을 운영하던 시절보다 지금은 귀리, 건초, 순무 등을 더 많이 받고, 노동 시간은 더 줄어들었으며, 식수 질도 좋아졌고, 수명이 연장되었을 뿐만 아니라 새끼들의 생존비율이 높아졌고, 축사에는 짚이 많이 쌓였으며, 벌레들 때문에 고생하는 일도 훨씬 줄어들었다는 사실을 증명해 보이며 설명했다. 동물들은 그 말을 모두 사실이라고 믿었다. 사실 존스가 농장을 운영하던 시절에 했던 일들은 지금에 와서 동물들에게 거의 다 사라져버리고 없었다.

동물들은 지금의 생활이 너무나 가혹하고 힘들다는 것, 자주 굶주리는 데다 추위에 떨어야 하고 잠자는 시간을 빼고는 온종일 일만 한다는 것을 알고 있었다. 그렇지만 옛날 사정이 지금보다 더 나빴다고 동물들은 굳게 믿었다. 그때는 동물들 모두가 노예였던 시절이었고 지금은 자유의 몸이 된 것이니, 이를 바탕으로 과거와 오늘날에는 근본적인 차이가 있다고 스퀼러가 항상 지적했기 때문이다.

가을에 암퇘지 네 마리가 거의 동시에 새끼를 서른한 마리나 낳아서 먹여야 할 가족이 훌쩍 늘어났다. 나폴레옹 혼자만 이 농장에서 거세하지 않은 수퇘지였고, 새끼돼지가 모두 흑백의 얼룩무늬였기 때문에 아버지가 누구인지 짐작하는 것은 쉬운 일이었다.

안채 부엌에서 나폴레옹이 직접 얼마간 새끼 돼지들을 교육하나 싶더니, 얼마 후 벽돌과 목재를 구매하여 농장 안채 쪽 정원에 교실을 짓는다는 사실이 발표되었다. 나폴레옹의 새끼들은 정원에서 수업을 받게 하고, 다른 동물들의 새끼들과는 정원에서 놀지 못하도록 했다. 동물농장에는 새로운 규칙이 제정되었는데, 돼지와 다른 동물이 길에서 마주치면 다른 동물이 길을 비켜줘야 한다는 규칙과 일요일에는 돼지들만 꼬리에 초록색 리본을 매어 특권을 누릴 수 있다는 규칙이었다.

그해 동물농장의 수확은 성공적이었지만 현금

은 부족하였기 때문에 교실을 건축할 때 필요한 벽돌, 모래, 석회 등을 사야 했고, 풍차 기계를 사기 위한 돈도 저축해야 했다. 그뿐만 아니라 나폴레옹의 식탁에 놓을 설탕, 농장 안채에서 사용할 등잔 기름과 양초도 필요했다. 설탕을 먹으면 살이 찐다는 이유로 나폴레옹은 다른 돼지들에게 이를 금지했다. 동물농장에는 못, 끈, 석탄, 철사, 고철 조각, 연장, 개에게 먹일 비스킷 등 여러 가지가 필요했다.

건초와 감자를 일부 팔았다. 달걀 판매 수량이 늘어났기 때문에 암탉들은 겨우 지난해와 비슷한 수의 병아리를 부화시켰다. 12월에 식량 배급량이 줄었는데, 2월에 또 줄었다. 기름을 아껴야 한다며 축사에는 등불을 켜지 못하게 했다. 돼지들만 살찌고 돼지들만 안채에서 안락하게 지냈다.

2월 하순 오후, 부엌 뒤쪽 양조장에서 안마당 쪽으로 지금까지 맡아보지 못한 구수하고 달콤한 냄새가 풍겨왔다. 입맛을 더욱 돋우는 냄새였는데,

보리를 삶는 냄새라고 했다. 배가 고픈 동물들은 그 냄새를 맡으며 코를 킁킁대며 구수한 여물이 저녁 식사로 나오는 모습을 상상했다. 그러나 저녁 식사에서 구수한 여물은 찾아볼 수 없었다. 일요일 아침에, 오늘부터는 돼지들에게만 보리 급식을 한다는 발표가 있었다. 과수원 건물 옆쪽으로 이미 보리 종자를 뿌려 놓았다. 곧이어 어디선가 돼지들에게는 맥주 세 홉씩, 나폴레옹에게는 맥주 반 갤런씩 제공된다는 이상한 소문이 새어 나왔다. 나폴레옹은 특히 맥주를 크라운 더비제 수프 접시에 따라 마신다고 했다.

동물들은 자신들이 견뎌야 할 고통이 있다 해도, 지금의 생활이 예전보다 더 품위 있다는 사실로 위안을 삼았다. 요즘에는 노래, 연설, 행진도 더 잦아졌다. 농장의 동물들은 투쟁과 승리를 기념하기 위해 일주일에 한 번 '자발적 시위'를 실시하라는 나폴레옹의 명령이 내려졌다. 지정된 시간에 동물들은 작업을 중단하고 나와서, 돼지들을 선두로 하여 말, 소, 양, 닭, 오리의 순서로 줄지어 농장 경내를 돌며 행진하라는 것이다. 대열 맨 앞에는 검은 수탉이 섰고, 개들은 나폴레옹의 측면을 호위하고, 복서와 클로버는 발굽과 뿔 그림 위에 "나폴레옹 만세!"라고 쓰여 있는 초록색 깃발을 양쪽으로 들고 행진하였다.

행진이 끝나면 축포를 발사하고 나폴레옹을 찬양하는 시 낭송도 했다. 그것이 끝나면 스퀼러는 최근 식량 생산량이 증산됐다는 내용에 대해 세밀히 설명했다. 양들은 시위에 가장 자발적인 행동으로 참석하는 동물이었다. 다른 동물들이 가끔 주위에 개나 돼지들이 없을 때 공연히 추위에 떨며 시간을 낭비하는 짓이라고 불평하면, 양들은 어김없이 커다란 목소리로 "네발은 좋고, 두 발은 나쁘다!"라고 외치며 불평을 막았다.

그래도 동물 대부분은 이런 축하 행진을 좋아했다. 그들은 자신들이 진정한 농장의 주인이며, 모든 노동은 자신들을 위한 것이라는 생각에 위안받

왔다. 노래, 행진, 스퀼러의 연설, 우렁찬 축포 소리, 수탉이 내지르는 소리, 펄럭이는 깃발 등 행사가 진행되는 동안에는 잠시나마 자신들이 배고프다는 사실을 잊을 수 있었다.

4월이 되자 동물농장을 '공화국'으로 선포하고 대통령을 선출하기로 했는데, 후보자가 한 명뿐이라 나폴레옹이 만장일치로 당선되었다. 나폴레옹이 대통령에 당선되던 날, 스노볼이 존스와 공모했다는 사실이 적힌 새로운 문서가 발견되었다. 새로운 문서의 내용에는 스노볼이 외양간 전투에서 패하도록 시도한 것이 아니라 전투하기 전부터 존스의 편에 붙어 싸웠던 사실이 드러났다. 스노볼은 실제로 인간들을 직접 지휘했고, "인간 만세!"를 외치며 전투에 뛰어들었다는 것이다. 스노볼의 등에 입은 부상은 나폴레옹이 이빨로 물어뜯어 생긴 상처라며 여러 동물이 지금도 이를 기억하고 있었다.

한여름에 몇 년 동안 보이지 않던 까마귀 모지

스가 갑자기 농장에 나타났다. 모지스는 여전히 조금도 일하지 않으면서 설탕 산에 대해 쉴 새 없이 떠들어댔다. 모지스는 나무 그루터기에 앉아 날개를 퍼덕거리면서 자신의 말에 귀 기울이는 동물들에게 몇 시간이고 수다를 떨었다.

"동무들, 저기 보이는 산과 구름 너머에 있는 설탕 산에는 우리처럼 불행한 동물들이 노동에서 해방되고 평생 안락하게 살 수 있는 행복한 희망의 나라가 있대요."

그는 큰 부리로 구름 쪽을 가리키며 뽐내듯 이렇게 말했다. 모지스는 하늘 높이 날다가 설탕 산이라는 곳을 보았는데, 무성하게 펼쳐진 들판에는 먹을 풀들이 널려 있고 각설탕이 산처럼 쌓여 있는 것을 보았다고 주장했다. 동물들은 그의 이야기를 듣고 어딘가에는 꼭 자신들이 살기 좋은 곳이 있으리라는 믿음을 가지게 되었다. 그리고 동물들은 지금의 삶이 몹시 고달프고 자신들이 굶주림에 시달리고 있음을 알게 되었다.

하지만 돼지들만은 모지스의 이야기를 믿으려 하지 않았다. 돼지들은 모지스의 설탕 산 이야기는 완전히 거짓말이라고 일축해버렸다. 아이러니하게도 돼지들은 그런 모지스를, 일도 하지 않는데 농장에서 머물 수 있게 허락해주었을 뿐만 아니라 그에게 매일 맥주 한 잔씩 배급해주기도 했다.

복서는 발굽 상처가 나은 뒤로 남들보다 더욱 열심히 일했다. 올해는 모든 동물이 노동에 시달리며 노예처럼 생활했다. 동물들에게는 농장 일과 풍차 재건 작업 외에도 나폴레옹의 새끼 돼지들을 위한 교실 신축 작업이 있었다. 충분히 먹지 못하면서 오랜 시간 일하는 것은 무척 견디기 어려웠지만, 복서는 조금도 굽힘 없이 일했다.

복서의 말과 행동을 보면 체력이 예전과 달라진 징조는 아직 찾아볼 수가 없었다. 복서가 전보다 달라진 것이 있다면 전체적인 외모였는데, 피부가 전처럼 윤기가 나지 않았고, 커다랗던 엉덩이는 약간 줄었다. 다른 동물들이 그런 복서를 보며 "봄에 새 풀을 먹으면 복서는 예전처럼 좋아질 거야."라고 말하였지만 봄이 와도 복서의 몸은 변함이 없었다. 복서가 가끔 채석장 비탈길에서 커다란 돌덩이를 끌어 올릴 때 힘쓰는 모습을 보면 힘은 모자라 보이지만 꼭 해내야 한다는 끈질긴 의지력만은 살아 있었다. 그럴 때마다 그는 '내가 좀 더 열심히 일하면 돼'라는 다짐을 가슴속으로 되풀이했다. 클로버와 벤저민은 복서에게 계속 건강을 챙기라고 당부했지만, 복서는 여전히 말을 듣지 않았다. 은퇴해야 하는 열두 번째 생일이 다가오고 있어도 그는 은퇴하기 전에 돌덩이를 충분히 쌓을 수만 있다면 몸에 변화가 생겨도 상관없다는 태도였다.

늦은 저녁에 복서가 혼자서 돌무더기를 가득 실은 수레를 끌고 풍차가 있는 곳으로 내려가다가 갑자기 사고를 당했다는 이야기가 농장에 돌았다. 그 소문은 사실이었다. 지금 막 비둘기 두 마리가 급히 날아와 그 소식을 전했다.

"복서가 넘어졌어요! 옆으로 쓰러져 일어서지 못해요!"

농장 동물 절반이 우르르 풍차 공사장으로 올라갔다. 올라가보니 복서는 마차의 굴대 사이에 끼어 머리를 들지 못하고 목을 뺀은 채 누워 있었다. 옆구리는 땀에 흠뻑 젖었고, 눈동자는 흐릿했고, 한 줄기 피가 입에서 흘러나와 있었다. 클로버가 그의 옆에 앉아 다그치듯 말했다.

"복서! 도대체 어디를 다친 거예요!"

"폐를 다친 것 같아요."

복서가 연약한 목소리로 대답했다.

"하지만 걱정하지 마요. 내가 일을 못 해도 여러분이 풍차를 완성할 수 있을 겁니다. 내가 돌은 꽤 많이 쌓아두었어요. 어쨌든 난 은퇴할 날이 한 달밖에 남지 않았어요. 솔직히 나는 은퇴할 날만 기다려 왔어요. 벤저민도 거의 내 나이와 같으니 은퇴해서 서로 의지하며 같이 살게 될지도 모를 일이고요."

"빨리 치료를 받으세요. 누가 뛰어가서 스퀼러에게 알려줘요."

클로버가 말했다. 동물들은 복서가 사고를 당했다는 소식을 스퀼러에게 전하기 위해 농장 안채로 달려갔다. 복서의 옆에는 클로버와 벤저민이 남아 있었고 벤저민은 아무 말도 하지 않고 꼬리를 흔들어 파리를 쫓아주었다.

얼마 후 스퀼러가 걱정이 가득 찬 얼굴로 나타났다. 그는 농장에서 자기 몸을 아끼지 않고 가장 열심히 일했던 복스에게 불행한 사고가 일어난 것에 대해 나폴레옹 동무가 매우 안타까워하고 있으며, 복서를 윌링던 동물 병원으로 보내 치료를 받게 하려고 연락을 취하는 중이라고 했다. 몰리와 스노볼 이외에는 농장을 떠난 동물을 본 적이 없었는데, 병든 친구 복서가 동물농장을 떠난다는 소식에 다른 동물들은 약간 불안해했다. 더군다나 병든 친구를 인간들이 치료한다는 것이 내키지 않았다. 윌링던의 가축병원 수의사가 복서를 치료해 주면 농장에서 치료하는 것보다 훨씬 더 만족스럽게 복서의 병을 치료할 수 있을 거라고 스퀼러는 동물들을 설득했다.

30분 후 약간의 기운을 회복한 복서는 간신히 일어났고, 클로버와 벤저민이 그를 위해 정성껏 밀짚을 깔아 만들어놓은 침대에 누웠다. 며칠 동안 복서는 마구간에서 지냈다. 돼지들은 약장에서 찾아낸 분홍색 약병을 복서에게 보내주었고, 클로버는 하루에 두 번씩 복서에게 약을 먹였다. 저녁마다 클로버는 복서를 찾아와 이야기를 나누었고, 벤저민은 항상 복서 옆에 앉아 파리를 쫓아주었다.

복서는 자기의 사고에 대해 너무 슬퍼하지 말라고 당부했다. 몸이 회복되면 몇 년은 더 살 수 있을 것이고, 목장 옆에 마련된 작은 밭에서 소일거리를 찾아 쉬엄쉬엄 편안하게 일하며 지낼 거라고 했다. 그는 사고는 당했지만 마음의 상처를 가다듬으며 난생처음 공부도 하고 수양을 쌓아가며 여유 있게 살아가겠다고 의지를 다졌다. 그는 다 외우지 못한 알파벳을 완전히 외울 때까지 자신의 여생을 바칠 생각이라고 했다.

벤저민과 클로버는 작업 시간이 끝나야 복서에게 갈 수 있었는데, 그들이 도착하기도 전에 커다란 마차가 복서를 실으러 왔다. 동물들은 모두 돼지의 감독 아래 작업을 하던 중이었는데 벤저민이 목청이 터지라 고함을 지르며 일하다 말고 농장 밖으로 뛰어가는 모습을 보고 모두 깜짝 놀랐다. 동물들은 벤저민이 그토록 흥분하여 빨리 뛰는 걸 처음 봤다.

"빨리 와요, 빨리빨리!"

벤저민이 급하게 소리를 질렀다.

"어서 빨리 와봐요! 누가 복서를 데려가고 있어요!"

동물들은 감독의 명령을 무시하고 작업을 중단한 채 일제히 농장 건물로 뛰어 들어갔다. 아니나 다를까 마당에 말 두 필이 끄는 포장 덮인 마차가서 있었다. 포장 벽에는 글자가 적혀 있었고 납작한 중산모자를 쓴 험상궂게 생긴 남자가 마부석에 앉아 있었다. 벌써 복서가 마차에 실렸는지 마구간은 텅 비어 있었다. 동물들은 마차 주위로 모두 모여들었다.

"잘 가요, 복서!"

"안녕히 가십시오!"

동물들이 복서에게 잘 가라는 인사하는 것을 보고 벤저민이 발을 동동 구르면서 주위를 껑충껑충 뛰면서 외쳐댔다.

"바보들! 이 멍청한 바보들아! 이 눈뜬장님들아! 저 마차 포장 옆에 뭐라고 쓰여 있는지 안 보여?!"

벤저민의 소리를 듣고 동물들이 주춤거리며 하던 말을 멈추자 주위는 조용해졌다. 염소 뮤리엘이 한 글자씩 더듬거리며 글을 읽으려 했는데, 벤저민이 그녀를 옆으로 밀치고는 크게 외쳤다.

"말 도살업 및 뼛가루 매매, 가죽도 취급함! 지

금 말 도살꾼에게 복서가 잡혀가고 있단 말이야!"

모두의 입에서 공포의 외침이 터져 나왔다. 이때 마부가 말에 채찍질을 가하자 마차는 안마당에서 빠른 속도로 달려 나갔다. 동물들이 마차를 뒤따르면서 큰소리로 외쳐대고, 클로버가 맨 앞에서 달려갔다. 클로버가 굵은 다리로 열심히 달렸으나 속력을 내는 마차를 따라잡을 수는 없었다.

"복서! 복서! 복서! 복서!"

클로버가 외쳐댔다. 바깥에서 자신을 부르는 소리를 들었는지 코 밑에 흰 줄무늬가 선명한 복서의 얼굴이 마차 뒷문 작은 창으로 살짝 보였다.

"복서! 복서! 내려요!"

클로버가 미친 듯이 부르짖었다.

"어서 내리라고요! 저들이 당신을 죽이려고 해요!"

모든 동물이 클로버의 목소리에 맞추어 고함을 질렀다.

"내려요, 복서! 빨리 내려요!"

그러나 속력이 붙은 마차는 그들로부터 벌써 저만치 더 멀어졌다. 클로버가 애타게 소리친 것을 복서가 과연 들었는지는 분명하지 않았으나 잠시 후 복서의 얼굴이 마차 창문에서 보이다가 사라지더니 마차 속에서 쿵쾅하는 요란한 발굽 소리가 들렸다. 복서는 마차를 부수고 탈출하는 방법을 찾는 듯이 보였다.

복서가 건강할 때 같으면 한두 번의 발길질로 마차를 성냥갑처럼 쉽게 부술 수 있었을 것이다. 그러나 안타깝게도 지금 복서에게는 그런 힘이 남아 있지 않았다. 잠시 뒤 쿵쿵거리던 소리는 점점 약해지더니 더는 아무 소리도 들리지 않았다. 동물들은 달리는 마차를 멈추어 달라고 애원하며 소리쳤다.

"우리 형제를 죽음으로 끌고 가지 말아요!"

그러나 멍청한 마부는 그저 귀를 닫아두었는지 더욱 속력을 냈다. 복서의 얼굴은 창가에서 다시 볼 수 없었다. 누군가가 마차보다 앞에 가서 빗장 여러 개가 있는 농장 정문을 닫으려고 했지만, 마차는 이미 출입문을 빠져 큰길로 나간 뒤였다. 그 후론 복서의 모습을 다시 볼 수 없었다.

그로부터 사흘 뒤, 복서는 수의사가 정성을 다해 치료해주었지만 윌링던의 동물병원에서 사망했다는 소식이 전해졌다. 스퀼러가 복서의 사망 소식을 전하러 왔다. 스퀼러는 복서가 임종할 때 옆에서 지켜보았다고 말했다.

"지금까지 본 것 중에 그토록 감동적인 장면은 없었소."

스퀼러가 눈물을 훔치며 말했다.

"나는 복서가 숨을 거둘 때까지 그의 머리맡에서 지켜보았는데, 기운이 쇠약해져 가냘픈 목소리로 내 귀에 대고 풍차가 완성되기 전에 죽는 것이 가장 애석하다고 말했소. '전진합시다, 동무들!' 하고 속삭였소! 그는 동물농장의 이름으로 전진하자며, 만세를 불렀소! 나폴레옹 동무 만세! 나폴레옹 동무는 언제나 옳다고 말이오. 동무들, 이것이 복서의 마지막 말입니다!"

그러더니 스퀼러는 갑자기 태도를 바꾸었다. 아무 말 하지 않고 가만히 있다가 의아한 눈빛으로 여기저기 살펴보더니 다시 입을 열었다. 스퀼러는 복서가 마차에 실려 갈 때 일로 이상한 소문이 떠돈다는 것을 알고 있다고 했다. 그는 복서를 태우고 간 마차에 '말 도살'이라고 적힌 것을 보고 복서가 말 백정에게 끌려갔다며 누군가 어리석은 소문을 내었다고 설명했다. 나폴레옹이 설마 복서를 말 백정에게 넘기는 그런 일을 했겠느냐고 격분된 어조로 분통을 터뜨리며 소리를 질렀다. 스퀼러의 설명은 아주 간단했다. 그 마차 전주인은 도살업자인데, 수의사가 마차를 구매하고 나서 '말 도살'이라는 글씨를 미처 지우지 못해 이런 오해가 생긴 것이라고 했다.

동물들은 스퀼러의 설명을 듣고 마음을 놓았다. 스퀼러는 복서의 임종 과정을 하나도 빠뜨리지 않고 설명해주었다. 복서는 마지막까지 수의사들과 동물들의 극진한 보살핌을 받았으며, 나폴레옹은 비용 걱정은 하지 말고 비싼 약품을 써달라고 수의사에게 말했다고 했다. 그 말에 동물들이 마지막 품고 있던 의심이 해소되었고, 복서가 행복하게 임종을 했다는 생각에 슬픔도 사라졌다.

나폴레옹은 회의장에서 복서의 죽음에 대하여 간단하게 칭송하는 연설을 했다. 복서의 유해를 농장에 묻어줄 수는 없지만, 월계수로 커다란 화환을 만들어 복서의 무덤에 바치라고 말했다. 복서의 죽음을 애도하는 추모연회를 돼지들이 며칠 내로 열기로 했다는 것이다. 나폴레옹은 복서의 입버릇이었던 "내가 좀 더 일하면 돼."와 "나폴레옹 동무는 언제나 옳다."라는 말을 동물들의 좌우명으로 삼으라고 말하며 연설을 마쳤다.

추모연회가 열리는 농장 안채로 커다란 나무 상자가 배달되었고 그곳에서 밤새 요란한 소리가 들려왔다. 밤이 깊어지자 난폭하게 싸우는 듯한 소리가 나면서 유리 깨지는 소리를 끝으로 조용해졌다. 그다음 날 점심때까지 안채에는 누구도 얼씬거리지 않았는데, 잠시 뒤 돼지들이 위스키 한 상자를 더 샀다는 소문이 돌았다.

10

여러 해가 지나고 계절이 몇 번이나 바뀌었고, 농장에서도 명이 짧은 동물들은 그사이에 세상을 떠났다. 이제는 돼지 몇 마리와 클로버, 벤저민, 모지스, 제외하고는 반란 이전의 시절을 기억하는 동물은 거의 없었다.

뮤리엘, 블루벨, 제시, 핀처 등도 죽었다. 존스도 숨을 거두었다고 했다. 스노볼도 기억에서 사라졌다. 복서의 기억도 그를 알던 몇몇을 제외하고는 모두 사라졌다. 클로버는 이제 관절에 이상이 있고 눈빛이 흐릿하며 늙고 뚱뚱한 암말이 되었다. 클로버는 은퇴할 나이가 2년이나 지났지만 농장에서 실제로 은퇴한 동물은 한 마리도 없었다. 은퇴한 동물들을 위해 목장 옆에 만들어두었던 작은 텃밭에 관한 이야기는 오래전에 없어져버렸다.

나폴레옹은 150킬로그램이 넘는 장년의 건강한 수퇘지로 변했다. 스퀼러는 너무 뚱뚱해져서 제대로 눈을 뜨기가 힘들었다. 늙은 당나귀 벤저민만은 예전과 비슷했다. 콧잔등의 흰털이 약간 바래고, 복서가 죽은 뒤 더 침울하고 말이 없어졌을 뿐이다.

동물농장의 식구들은 기대치만큼은 아니지만 제법 수가 늘어났다. 새로 태어난 동물들에게 반란 이야기는 전설에 불과했으며, 다른 농장에서 팔려온 동물들조차도 여기에 오기 전에는 반란 이야기를 들어본 적이 없다고 했다.

농장에는 클로버 외에 세 마리의 말이 더 있었다. 그들은 몸이 건강하며, 늘씬한 몸매를 가졌고, 자발적으로 일하는 착실한 동물이지만, 머리는 아주 멍청했다. 그들은 알파벳 B 이상을 배우지 못했다. 그들은 클로버가 들려주는 동물주의 정신과 반란 이야기를 잘 받아들였고 그의 말을 굳게 믿었지만 실제로 그들이 그 내용을 얼마나 이해하고 있는지는 정확히 알지 못했다.

동물농장은 더 번창했고 조직도 체계적으로 굴러갔다. 필킹턴에게 밭 두 필지를 사들여 농지의 규모는 더 커졌으며, 풍차도 드디어 성공적으로 완공되었다. 농장에는 새로운 건물도 여러 채를 지었고, 전용 탈곡기와 건초 운반기를 사들였고, 휨퍼는 전용 이륜마차를 장만했다. 풍차는 전기를 발전하는 데는 이용하지 못했으나, 곡물을 빻는 데 이용되어 상당한 이득을 남겨주었다.

동물들 사이에서는 열심히 일해서 수익이 생기면 또 다른 풍차를 건설할 것이고, 풍차가 완공되면 이번에는 정말로 발전기가 설치될 거라는 이야기가 떠돌았다. 하지만 스노볼이 예전에 말했던, 전등과 온수 시설이 잘 갖춰진 작업장에서 일주일에 4일만 일하게 해준다는 꿈같은 이야기에 대해서는 더 언급이 없었다.

나폴레옹은 그러한 생각은 동물주의 정신에 위배되는 것이라고 비난하며, 가장 진실한 행복은 열심히 일하며 사는 것이라고 했다. 농장은 예전보다 더 풍족해진 것처럼 보이나 동물들의 삶은 그렇지 못했다. 개, 돼지들만 빼고 말이다.

개, 돼지가 일하지 않는 것은 그 수가 크게 늘었기 때문도 있다. 스퀼러가 항상 말하듯, 그들도 일을 안 하는 것은 아니며 나름대로 농장을 감독하고 조직을 운영하는 임무를 수행하고 있다는 것이다. 개와 돼지들의 그런 행동을 다른 동물들은 너무나 무식해서 도저히 이해하지 못했다. 돼지들이 날마다 일하지 않는 것이 아니라 '문서', '보고서', '회의록', '노동일지', '비망록' 등을 계획하고 정리하느라 매일매일 엄청난 노동을 하고 있다고 스퀼러는 설명해주었다. 그것들은 글이 잔뜩 있는 큼직한 서류 뭉치였다. 돼지들은 서류를 완성한 다음 그것을 아궁이에 던져 태워버렸다. 이런 일들은 동물들의 복지를 위해 매우 중요한 것이라고 스퀼러는 말했다.

개나 돼지들은 식구가 많고 식욕이 왕성한데도 자신들의 노동력으로 식량을 생산하지 않았다. 동물들의 삶은 예나 지금이나 마찬가지였다. 개, 돼지를 제외하곤 다른 동물들은 모두 굶주렸고, 짚더미에서 잠을 자고, 웅덩이에서 물을 마시며, 온종일 들에서 일해야 했다. 겨울에는 추위에 떨고, 여름에는 여러 벌레 때문에 고생했다. 나이 든 몇몇 동물은 희미한 기억을 더듬어, 존스를 추방한 직후와 지금의 형편 중 어느 쪽이 더 살기가 좋았었는지 생각해보았다.

그러나 기억하려고 해도 도저히 생각나지 않았다. 스퀼러가 발표하는 통계 수치를 제외하고는 그들의 과거와 현재 삶을 비교해볼 수 있는 근거자료가 하나도 없었다. 스퀼러는 통계 수치가 항상 좋아지고 있다고 말하는데, 동물들은 좀처럼 이해되지 않았다. 동물들은 그런 문제들을 따지고 있을 시간이 없었는데, 오직 벤저민만이 지금까지 살아온 모든 것에 대해 자세히 기억하고 있었다. 벤저민은 지금의 생활이 전보다 더 좋아지지도 나빠지지도 않았으며, 앞으로도 모든 상황은 달라질 것이 없을 거라고 단언했다. 그러고는 굶주림, 좌절, 고생하며 살아가는 것이 세상살이라고 했다. 그래도 그들은 절대 희망을 잃지 않았다.

더욱이 동물들은 농장의 구성원으로서 명예와 특권 의식을 잊어본 적이 없었다. 그들은 이 마을에서는 물론이고 영국 전체에서 동물들이 농장을 소유하여 운영하는 유일한 농장에 살고 있다고 자부했다. 어리고, 젊고, 나이 들고, 새로 이주해온 동물들까지도 이와 같은 사실에 경탄을 표했다.

축포 소리와 초록색 깃발이 펄럭이는 것을 바라볼 때마다 그들의 가슴에 끝없는 자부심이 부풀어 올랐으며, 늘 자신들의 역사를 이야기하며 존스의 추방, 일곱 계명의 게시, 인간들에 맞서 용감하게 싸운 전투를 찬양했다. 동물들은 옛날에 품었던 꿈을 결코 포기한 적이 없었다. 메이저가 예언한 영국의 푸른 들판에서 인간들을 몰아내고 누구에게도 예속되지 않을 동물공화국에 대한 꿈을 지금도 굳게 믿고 있었다. 언젠가 그날이 오리라, 지금 당장은 아닐지 모르지만. 지금 살아가고 있는 동물들의 일생에는 그 꿈이 이루어지지 않을지도 모른다. 그러나 그날은 분명히 올 것이다.

〈영국의 동물들〉이라는 노래는 여러 곳에서 여전히 몰래 퍼져나갔다. 소리 내어 부르지는 못했지만 동물들은 그 노래를 모두 알고 있었다. 그들은 굶주리며 고생스럽게 살아가고 있고, 지금의 희망과 꿈이 모두 실현되지 못했지만, 자신들에게는 다른 동물들과는 다른 긍지가 있다고 여겼다. 독재주의 인간들을 위해 고생스럽게 일하는 것은 아니라는 것이다. 그들은 자기 자신을 위하여 고생스러운 일을 하는 것이고, 이 고된 삶 역시 최소한 자기 자신의 삶을 영위하기 위한 노력이라는 것이다. 그들 중 누구도 두 다리로 걷지 않았다. 어떤 동물도 다른 동물에게 '주인님'이라는 호칭을 쓰지 않았다. 모든 동물은 평등했다.

초여름에 스퀼러는 양들에게 자기를 따라오라고 지시하여 어린 자작나무가 무성하게 자란 농장 끝으로 데리고 갔다. 양들은 온종일 스퀼러의 보호 아래 자작나무 잎을 실컷 뜯어 먹었다. 저녁때가 되어도 날씨가 따뜻하니 농장으로 가지 말고 그곳에 그냥 있으라고 양들에게 지시하고는 스퀼러 혼자 농장으로 돌아왔다. 양들이 일주일 동안 그곳에서 생활하였기 때문에 일주일 동안 다른 동물들은 양들을 보지 못했다. 스퀼러는 거의 매일 양들과 하루 대부분을 함께 보내며 새로운 노래를 가르쳤는데, 다른 동물들에게는 꼭 비밀로 해야 한다고 말했다.

양들이 농장으로 돌아온 직후의 저녁때, 동물들이 일을 끝내고 농장 건물로 돌아오는데 무시무시한 말 울음소리가 마당에서 들려왔다. 동물들은 깜짝 놀라서 그 자리에 우뚝 섰다. 그 소리는 클로버의 목소리였다. 클로버가 다시금 소리를 지르자 동물들은 모두 안마당으로 달려갔다. 동물들도 소리 지르며 본 광경을 똑똑히 보았다.

돼지 한 마리가 두 개의 뒷다리로 서서 거닐고 있었다. 그는 바로 스퀼러였다. 뚱뚱한 몸집을 뒷다리로 버티면서 서툴지만 그럭저럭 균형을 잘 유지하며 걸어 다니는 모습이었다. 잠시 뒤 농장 안채에서부터 돼지들의 행렬이 쏟아져 나왔는데, 모두 뒷다리로, 즉 두 발로 걷고 있었다. 어떤 돼지는 유난히 잘 걸었고, 한두 마리는 서툴렀지만 모두 여유롭게 안마당을 걸어 다녔다. 선두에 선 수탉들의 울음소리가 들리더니 개들이 사납게 짖어대며 나폴레옹을 호위했다. 나폴레옹은 위엄한 표정을 지으면서 두 다리로 꼿꼿이 걸어서 나타났다. 개들은 그의 주위를 뛰어다니며 호위했고, 나폴레옹은 앞발에 채찍을 들고 위협적인 표정으로서 있었다. 죽음과 같은 침묵이 흘렀다. 놀라움과 공포심에 떨며 동물들은 한쪽에 모여서 천천히 행진하는 돼지들의 모습을 바라볼 뿐이다.

세상이 뒤집히는 것만 같았다. 충격이 약간 가라앉자, 절대 불평을 늘어놓거나 비판하지 않았던 이전의 모습과는 다르게 동물들은 개들의 위협에도 항의할 참이었다. 그 순간 어떤 신호를 받은 것인지 양들이 떼를 지어 커다란 소리로 외치기 시작했다.

"네발도 좋고, 두 다리는 '더욱' 좋다! 네발도 좋고 두 다리는 더욱 좋다!"

양들의 고함은 연속적으로 몇 분 동안 끊이지 않고 들려왔다. 얼마 후 양들은 조용해졌으나 이미 돼지들이 농장 안채로 들어가버려서 동물들이 항의할 기회도 사라져버렸다. 벤저민은 누가 자기 어깨에 코를 비비는 것을 느꼈다. 돌아보니 클로버였다. 클로버의 눈은 예전보다 더욱 흐릿하게 보였다. 클로버는 말없이 벤저민의 갈기를 가만히 잡아당기며 '일곱 계명'이 쓰여 있는 큰 창고로 그를 데려갔다. 잠시 그들은 흰 글씨가 쓰여 있는 벽을 바라보고 섰다.

"내 시력이 더 약해졌어요."

클로버가 먼저 말했다.

"하긴 젊었을 때도 글씨를 제대로 못 읽었지만 말이에요. 글은 못 읽지만 어쩐지 내 눈에는 저 벽이 많이 달라진 것처럼 보이는군요. '일곱 계명'이 예전에 적어놓았던 내용과 같나요?"

벤저민은 남의 일에 절대로 끼어들지 않는다는 주의이지만 클로버를 위해서 벽에 있는 글을 읽어 주었다. 거기에는 본래 있던 일곱 계명이 지워지고 하나의 계명만이 남아 있었다. 그것은 다음과 같았다.

> 모든 동물은 평등하다.
> 그러나 동물 중에서도 어떤 동물은 더욱 평등하다.

그런 일이 있은 다음 날, 작업을 감독하고 있는

돼지들이 모두 앞발에 채찍을 갖고 있었는데도 누구도 이상하게 느끼지 못했다. 돼지들이 아침에 일어나 신문을 보고 라디오를 청취하고 전화를 설치하고 잡지까지 구독하기로 했다는 소식이 전해져도 이상하게 느끼지 못했다. 나폴레옹이 파이프를 물고 농장 정원을 산책하고 있는 것도 이상해 보이지 않았고, 심지어 돼지들이 존스의 옷을 꺼내 입는 것도 이상해 보이지 않았다. 나폴레옹이 코트와 승마복을 입고 각반을 차고 다녀도, 그의 총애를 받는 암돼지가 존스 부인의 고급 옷을 입고 다녀도 조금도 이상하게 보이질 않았다.

일주일 뒤 오후, 이륜마차 여러 대가 농장 안으로 들어왔다. 나폴레옹의 초대를 받아 농장을 견학하러 온 이웃 농장의 대표들이었다. 그들은 눈에 보이는 농장의 모든 것이 발전되었음에 놀라워했다. 특히 풍차를 본 그들은 나폴레옹 이하 농장의 모든 동물에게 아낌없는 찬사를 보냈다.

동물들은 견학온 저 인간들과 우리를 감독하고

있는 돼지들 중 누가 더 강한 존재인지 알 수 없어 얼굴을 들지 않고 부지런히 잡초만 뽑았다. 그날 저녁, 농장 안채에서는 흥겨운 노랫소리와 웃음소리가 터져 나왔다. 돼지들과 인간들의 뒤섞인 합창 소리에 동물들은 문득 호기심이 발동되었다.

평등한 지위 아래 동물들과 인간들이 처음 만나고 있는데, 도대체 어떤 일이 벌어지고 있는지 궁금했던 동물들은 안채 쪽으로 최대한 조용히 기어들어갔다. 출입문이 가까워지자 막상 안으로 들어가기가 두려워져 걸음을 멈추었는데, 클로버가 앞장서서 안으로 들어갔다. 다른 동물들도 그를 따라 안으로 들어갔고 키가 큰 동물들이 창문을 통해 안을 살펴보았다.

거기에는 원탁이 놓여 있었는데, 나폴레옹의 상석 오른쪽으로는 인간 여섯 명이, 왼쪽으로는 고위층 돼지 여섯 마리가 둘러앉아 있었다. 인간들과 동등하게 원탁에 둘러앉아 있는 돼지들의 모습은 하나도 어색하지 않았고 아주 편안해 보였다.

그들은 카드놀이를 마치고 건배를 하기 위해 커다란 술병들을 가져와 잔에 맥주를 가득 채웠다. 동물들이 창문을 통해 안을 들여다보고 있는 것을 알면서도 아랑곳하지 않았다.

폭스우드 농장의 필킹턴이 맥주잔을 들고 일어서며 건배하기 전에 몇 마디 해야 할 말이 있다며 입을 열었다.

“오랜 세월 동안 쌓여 왔던 인간들의 권위주의와 독재주의 등에 대한 불신과 오해가 이제 말끔히 풀려, 여기 있는 우리뿐만 아니라 우리 영국의 모든 인간과 동물이 함께 평등하게 살아갈 수 있게 되어서 참으로 다행입니다. 물론 오해가 생겨 불행한 사건이 발생하기도 했고, 동물들과 이웃한 인간들이 이 농장에 적개심까지는 아니라도, 의구심을 품기도 했지요. 여기 있는 여러분도 저와 비슷한 생각이었을 테지요.

동물농장을 돼지들로만 구성하여 운영한다는 것 자체가 비정상적이고, 인간들이 운영하는 이웃 농장에 불안한 영향을 미치리라 생각했습니다. 상당수의 농장주가 확실하게 살펴보지도 않고, 이런 농장에서는 아마 무질서가 판치고, 항상 싸움판만 벌일 거라고 속단하였습니다. 자기네들 농장에 나쁜 영향이 미칠까 무척 신경 쓰였던 것이지요.

그러나 이제 이런 의구심이 모두 사라졌습니다. 오늘 나와 일행이 이 농장을 견학하고 자세히 살펴본 결과, 농장에서 본 모든 것에서 의외로 최신의 영농법과 모범적인 규율과 잘 다듬어진 질서를 발견했습니다.

이 동물농장의 하급 동물들은 식량을 효율적으로 섭취하고 있고 다른 어떤 동물들보다도 더 열심히 일하고 있습니다. 오늘 저와 저의 동료들이 방문하여 여러 가지 관찰한 결과 많은 장점을 발견했고, 이를 각자의 농장에 도입할 것입니다."

그는 동물농장과 그 이웃들 간에 지금처럼 유지하던 것을 앞으로는 좀 더 꾸준히 연구해서 발전시켜야 한다고 강조하면서 마지막 연설을 마쳤다.

돼지와 인간 사이에는 어떤 이해관계와 마찰이 없어야 하고 그들의 투쟁과 어려움은 동등한 입장에서 해결해야 한다는 것이다. 필킹턴은 자신이 미리 준비한 노동 문제에 대하여, 지역마다 어떤 것이 같고 무엇이 다른지 몇 가지 말하려고 했는데, 너무 흥분하여 말하기 전에 잠시 머뭇거렸다. 그는 여러 겹으로 접힌 턱이 벌그레해지면서 한동안 숨을 몰아쉬더니 겨우 입을 열었다.

"동물농장 주인 여러분, 여러분에게 다스려야 할 하급 동물이 있다면 우리 인간들에겐 다스려야 할 하급 계층이 있소!"

그의 재치 있는 말은 '명언'으로 여겨지며 박수갈채를 받았다. 필킹턴은 돼지들에게 자신이 목격한 효율적인 식량 배급과 긴 노동 시간, 거리낌 없는 자유 분위기 등에 대해 다시 한번 찬사를 보냈다. 그런 다음 그는 모두에게 술잔을 채우고 일어나라고 힘차게 말했다.

"신사 여러분! 자, 술잔을 높이 들어 건배를 권

하자 동물농장의 번영을 위하여!"

그는 그 자리가 떠나갈 듯 소리를 질러댔다. 필킹턴이 마지막 말을 마치자 손뼉을 치며 발 구르는 소리가 진동하였다. 나폴레옹은 매우 기분이 좋아서 필킹턴 자리로 가서 잔을 부딪치며 술잔을 비웠다. 주위가 조용해지자 나폴레옹이 몇 마디 하겠다고 일어섰다.

나폴레옹은 항상 요점만 추려서 박력 있게 연설하였다. 그는 본인 역시 오해의 시대가 끝난 것이 무척이나 행복하게 생각한다고 말했다. 그리고 다른 입장에서 바라본다면 자신과 동료들의 성격이 혁명적이고, 파괴적인 행동을 했다는 소문이 오랫동안 떠돌아다닌 것은, 사실이 아니고 그 소문을 악의적으로 적들이 퍼뜨렸다는 근거가 충분히 있었다고 했다. 이웃 농장의 동물들에게 반란을 선동하였다는 것은 사실과 전혀 다른 이야기라고, 자신들은 예나 지금이나 이웃들과 평화로운 관계를 맺으며 살아가는 것이 유일한 소망이라고 말하며, 자신이 현재 통치하며 관리를 맡은 이 농장이 협동조합이라고 말했다. 자신이 소유하고 있는 부동산 권리증서는 이미 돼지들과의 공동 소유라는 것이었다.

그리고 자신은 예전의 의혹이 아직 남아 있지 않다고 생각한다며 말을 이었다. 최근에 농장 규칙에 몇 가지 변화를 주려는데 앞으로는 그 규칙이 서로의 신뢰감을 더욱 돈독히 할 거라고 하였다. 언제부터 시작되었는지 알 수 없지만 지금까지 동물들은 서로 '동무'라고 부르는 습관이 계속 이어져 왔는데, 앞으로는 이것을 금지한다고 했다. 그리고 일요일 아침마다 마당의 기둥에 매달아놓은 수퇘지 해골 앞을 행진하는 것도 금지하고 그것을 땅속에 묻을 것이라고 했다. 방문객들이 펄럭이는 초록색 깃발을 보았다면, 예전에 발굽과 뿔이 그려져 있던 흰색 깃발이 없어졌다는 것을 알아차렸을 것이며, 지금부터 깃발은 단순한 초록색 깃발일 뿐이라고 했다.

나폴레옹은 계속해서 말을 이으며, 필킹턴의 연설은 훌륭하고 우정이 담겼지만 그중에서 단 하나 비판을 하고 싶은 내용이 있다고 했다. 필킹턴은 연설 중 계속해서 우리를 '동물농장'이라고 불렀지만 그것은 나폴레옹 자신이 동물농장의 이름을 바꾼 것에 대해 잘 모르고 한 말일 것이며 이제 '동물농장'이라는 이름은 폐지되었다고 말했다.

앞으로 이 농장은 '메이너 농장'이라고 부를 것이다. 메이너 농장이라는 이름이 원래 이 농장의 올바른 이름이고 다시금 우리가 그것을 되찾았다고 생각한다는 것이다.

"신사 여러분! 이번에는 아까 필킹턴 씨와 다른 말로 나도 건배를 권하고 싶습니다. 자, 여러분들 잔에 술을 가득 채우십시오. 신사 여러분, 건배합시다. 메이너 농장의 무궁한 번영을 위하여!"

이번에도 전과 같은 환호성과 진심 어린 박수갈채가 터져 나왔으며, 모두 잔에 가득 담긴 술을 들이켰다. 그런데 밖에서 있던 동물들이 이 광경을 지켜보며 어떤 이상한 일이 일어나고 있음을 짐작했다. '돼지들의 얼굴이 뭔가 변한 것 같은데' 하고 의아한 생각이 든 클로버는 늙고 침침한 눈동자로 돼지들의 얼굴을 이리저리 살펴보았다. 어떤 돼지는 다섯 턱이, 어떤 건 네 턱이, 또 어떤 돼지는 세 턱이었다.

조금씩 돼지들의 얼굴이 변한 것처럼 보였는데, 도대체 무엇 때문일까? 클로버가 돼지들의 얼굴을 관찰하는 중 어느덧 박수 소리가 잠잠해졌다. 돼지들과 인간들이 중단했던 카드놀이를 다시 시작하자 이 광경을 지켜보던 동물들은 정원을 빠져나왔다.

그러나 동물들은 몇 미터도 못 가서 문득 걸음을 멈추었다. 아우성치는 시끄러운 고함이 농장 안채에서 흘러나와 동물들의 귀에 들려왔기 때문이다. 재빨리 뛰어가 창문으로 안을 다시 들여다보았다. 그 안에서는 격렬한 논쟁이 벌어지고 있었다. 고함을 지르고, 원탁을 치며, 의심스러운 눈초리로 째려보며 상대가 하는 말에 그렇지 않다고 우겨대며 격렬하게 언성을 높이며 떠들어댔다. 싸움의 원인은 나폴레옹과 필킹턴이 동시에 각각 스페이드 에이스 패를 내놓았기 때문인 것 같다. 열두 개의 분노한 목소리로 일제히 고함이 터져 나왔는데, 그 목소리들은 모두 똑같이 들렸다. 이제야 돼지들의 얼굴에 어떤 변화가 생겼는지 알 수 있었다. 창밖에서 지켜보던 동물들은 돼지와 인간들을 번갈아 이리저리 훑어보며 유심히 관찰했다. 그러나 누가 돼지이고, 누가 인간인지 좀처럼 구별할 수가 없었다.

작품 해설

영국작가 조지 오웰이 지은 『동물농장』은 1945년에 출판된 풍자소설이다. 소련의 혁명과 전체주의를 동물에 빗대어 집단이 점차 변하는 과정을 우화적으로 보여주었다. 조지 오웰이 소설을 완성하고 발표하려던 시기가 소련이 연합군과 동맹을 맺었을 때였다. 그래서 영국사회에 쉽게 통용되기 어려운 예민한 사항을 다루다 보니 출간까지 난항을 겪다가 발표되었다. 그렇지만 출간되자마자 조지 오웰은 『동물농장』으로 일약 유명인사가 되었다.

『동물농장』은 대표적인 풍자소설답게 등장인물들을 모두 현실 속에 존재했던 인물 군상을 빗대어 이야기를 전개하였다. 1장에서 자신의 꿈 이야기를 하고 죽은 메이저 영감은 칼 마르크스를 나타내며 소설 속에서 동물주의 혁명의식이 담긴 철학을 제시하여 동물들의 자유의식을 각성시켰다. 농장의 주인인 존스는 당시 부패한 러시아 황실과 임시정부, 혹은 영국 정부를 상징했다. 그리고 동물들에게 혁명의식을 고취시키며 이를 행동화한 스노볼과 나폴레옹은 소련의 혁명가들을 상징했다. 그중에 스노볼은 미래지향적이고 진취적인 돼지인데, 이는 레프 트로츠키에 비유되었다. 그는 모함을 당해 스탈린에 의해 쫓겨난 비운의 혁명가였다. 그리고 다른 인물인 나폴레옹은 무력을 사용하여 스노볼을 제거하면서 독재의 길을 걷는다. 이는 정적을 몰아내고 공포 정치를 펼친 이오시프 스탈린을 상징했다.

소설 속에서는 혁명가가 아닌 일반 민중을 대표하는 캐릭터도 설정해 놓았는데, 복서는 지도자를 향한 막연한 믿음으로 부당한 현실에 순응하던 당시의 소작농, 한마디로 프롤레타리아를 상징했다. 당나귀 벤저민은 냉소적인 인물을 대표하며 당시 사회에 대한 비판을 포기하고 무관심하게 살았던 지식인을 상징했다. 또한 가끔 동물농장으로 날아들어와 이상향인 낙원에 대해 이야기하던 까마귀 모지스는 현실에서 동떨어져 자신들의 무사안일에만 기울였던 러시아 정교회를 상징했다.

『동물농장』은 실존 인물을 동물로 빗대어 제시했을 뿐만 아니라 실제 일어난 사건을 다른 식으로 재해석하여 이야기를 전개해 나아갔는데, 대표적으로는 스노볼이 제안한 풍차 건설계획이 있다. 소설 속에서 나폴레옹은 이 계획에 반발하면서 스노볼을 내쫓는 데 이용했다. 그러나 훗날 이를 채택하여 동물들을 노동으로 혹사시킨다. 이는 실제로 스탈린이 트로츠키가 구상한 경제개발 5개년 계획을 훔치고 누가 구상한 건지 발설하지 말도록 금지한 일을 각색하여 보여주었다. 그리고 스탈린이 지시한 대숙청을 빗댄 동물학살도 다루었는데,

스노볼이 쫓겨난 이후 수많은 동물들이 스노볼과 내통했다는 명목으로 학살되었다. 실제로 소련에서는 스탈린의 독재를 무너뜨리려는 자들을 반혁명분자나 인민의 적으로 설정하여 1937년부터 1938년까지 숙청하였다.

'모든 동물은 평등하다.'라는 계명을 내세우며 동물주의 혁명에 성공했지만 소설 속 돼지들은 점점 변해갔다. 결국에 돼지들은 두 발로 서서 인간처럼 걸어 다니며 다른 동물을 탄압하기 위해 채찍을 들었고 인간과의 교류를 시작했다. 그리고 위스키에 취해 인간들과 카드게임을 하며 농장의 일에는 관심을 두지 않게 되었다. 소설 말미에 '창 밖에서 지켜보던 동물들은 돼지와 인간들을 번갈아 이리저리 훑어보며 유심히 관찰했다. 그러나 누가 돼지이고, 누가 인간인지 좀처럼 구별할 수가 없었다.'에서 『동물농장』을 통해 조지 오웰이 풍자하고자 했던 주제가 명확하게 드러난다. 어떠한 사상으로든 새로운 사회가 시작되었어도 변질 된다면 결국 같은 모습을 하고 있다는 날카로운 비판의식이 담겨 있다.

조지 오웰이 스탈린 시대의 소련을 비판한다고 해서 특별히 공산주의만을 반대한 것은 아니다. 그는 나치, 파시즘과 함께 모든 전체주의 전체를 비판했다. 이는 조지 오웰이 뒤이어 출간한 『1984』를 통해서도 확인할 수 있다. 하지만 1950년대는 제2차 세계대전이 끝나고 미국과 소련을 중심으로 자본주의와 공산주의가 첨예하게 대립하기 시작하던 때였다. 그로 인해 『동물농장』은 『1984』와 함께 스탈린 치하의 소련 공산당 체제를 고발하는 반공산주의 소설로 읽혔다. 더욱이 미국정부는 반공 투쟁의 일환으로 두 작품을 한국을 포함한 30여 개국의 언어로 번역하고 배포하도록 자금을 지원했는데, 이 때문에 『동물농장』과 『1984』는 반공산주의 혹은 반사회주의 소설로 많은 사람의 뇌리에 각인되었다. 그러나 『동물농장』

은 단순하게 반공주의 소설로 기억되기보다 역사적으로 일어난 사건을 되짚어보고 사회를 비판할 수 있는 시각을 제시하는 뛰어난 풍자소설로 기억되는 것이 바람직하겠다.

작가 연보

1903년 6월 25일 인도의 벵골에서 태어남. 본명은 에릭 아서 블레어(Eric Arthur Blair)로 조지 오웰은 필명. 오웰의 아버지 리처드 블레어는 인도 주재 영국공관의 하급 공무원이었음.

1922년 이튼 학교 졸업. 이후 5년 동안 버마에서 경찰로 근무했으나 영국 제국주의에 대한 반감으로 사직. 이때의 경험을 토대로 쓴 소설 『버마 시절』이 있음.

1933년 첫 소설 『파리와 런던 안팎에서』가 출간.

이 작품은 버마 시절 이후 오웰 스스로가 택한 가난에 대한 체험을 사실적으로 기술함.

1935년 소설 『목사의 딸A』가 출간.

1936년 아일린 오쇼네시와 결혼. 소설 『그 엽란(葉蘭)을 날게 하라』가 출간.

1937년 영국 랭커셔 지방 광부들의 궁핍한 삶을 호소력있게 묘사한 다큐멘터리 『위건 부두로 가는 길』이 출간.

1938년 오웰 자신의 스페인 내전 참전을 바탕으로 쓴 소설 『카탈로니아 찬가』가 출간.

1939년 젊은 날을 그리워하며 단조롭고 무기력하게 살아가는 중년 부부를 그린 소설 『숨쉬러 올라오기』가 출간.

1940년 에세이 『고래 뱃속에서』 발표.

1941년 에세이 『사자와 일각수』 발표.

1944년 아들 리처드 입양.

1945년 아내 아일린 오쇼네시가 병원에서 수술

중 사망. 농장에 사는 동물들을 통해 인간의 탐욕을 풍자한 소설 『동물농장』 출간.

1946년 에세이 『비판적 에세이』 발표.

1947년 에세이 『영국 사람들』 발표.

1949년 미래의 전체주의적 국가에 대한 공포를 형상화한 소설 『1984』가 출간. 『1984』의 줄리아의 모델로 알려진 소니아 브라우넬과 결혼.

1950년 1월 21일 런던의 한 병원에서 갑작스러운 각혈 후 사망. 에세이 『정치학과 영국 언어』가 출간.

1968년 에세이, 기사, 편지 모음집이 4권으로 출간.

지은이 **조지 오웰** George Orwell

조지 오웰의 본명은 에릭 아서 블레어(Eric Arthur Blair)로 1903년 6월 25일 인도의 벵골에서 태어났다. 1933년 첫 소설 『파리와 런던 안팎에서』가 출간된 이후, 척박한 노동자의 삶이나 내전의 참상을 토대로 지은 소설들을 발표하였으며, 1945년 8월 러시아 혁명과 스탈린의 배신에 바탕을 둔 정치우화 『동물농장』이 출간되면서 일약 세계적인 명성을 얻게 되었다.

1946년 스코틀랜드 주라 섬에 머물며 그의 최대 걸작인 『1984』를 집필하였고, 1949년에 출간되었다. 그러나 지병인 결핵이 점점 악화되어 1950년 1월 건강이 47세를 일기로 사망하였다.